لڑکی بازار

(افسانے)

واجدہ تبسم

© Wajida Tabassum
Ladki Bazaar *(Short Stories)*
by: Wajida Tabassum
Edition: May '2025
Publisher :
Taemeer Publications LLC (Michigan, USA / Hyderabad, India)

ISBN 978-93-5872-999-3

مصنفہ یا ناشر کی پیشگی اجازت کے بغیر اس کتاب کا کوئی بھی حصہ کسی بھی شکل میں بشمول ویب سائٹ پر اپ لوڈنگ کے لیے استعمال نہ کیا جائے۔ نیز اس کتاب پر کسی بھی قسم کے تنازع کو نمٹانے کا اختیار صرف حیدرآباد (تلنگانہ) کی عدلیہ کو ہو گا۔

© واجدہ تبسم

کتاب	:	لڑکی بازار (افسانے)
مصنفہ	:	واجدہ تبسم
صنف	:	فکشن
ناشر	:	تعمیر پبلی کیشنز (حیدرآباد، انڈیا)
سالِ اشاعت	:	۲۰۲۵ء
صفحات	:	۱۲۲
سرورق ڈیزائن	:	تعمیر ویب ڈیزائن

فہرست

(۱)	پیش بندھی	6
(۲)	ناگن	18
(۳)	ذرا لاہور اوپر	30
(۴)	اترن	43
(۵)	بھوک	54
(۶)	نو لکھا ہار	69
(۷)	سستا گوشت	94
(۸)	لڑکی بازار	104

پیش بندھی

"دولہا میاں کے پانی نہانے کی تیاری کر لو ئے چھوکریاں۔"
ممتاجانی کی آواز سنتے ہی دولہا میاں نواب ممتاز کے دل میں انار چھوٹنے لگے۔

دولہن والوں کی حویلی سے باندیوں کی ایک پوری فوج کشتیاں سر پہ اٹھائے ابھی ابھی سرخ حویلی میں وارد ہوئی تھی۔ ان کشتیوں میں ہزار ہا پاؤنڈ کا سامان لدا ہوا تھا۔ کھانے پینے کے سامان کی توقیمت ہی کیا۔ یہی ہزار دو ہزار کا رہا ہوگا۔ لیکن محض رسم بنھانے کی خاطر جو بیش قیمت زیور اور کپڑے دولہا میاں کے لئے آئے تھے ان کی لاگت کوئی جوڑنے بیٹھتا تو لاکھوں سے بھی اد ھر کھپتی۔ یہ کوئی بندھی ٹکی عام رسم تو تھی نہیں بس یہ تھا کہ نواب تقدیر یار جنگ کے بزرگوں سے چلی آرہی تھی کہ جس دن دولہن اپنے گھر بیاہی

بیٹھتی، دولہا کے لئے بھی زرد جوڑا، مٹھائیاں اور زیور بھجوائے جاتے۔ زیور کا تو نام ہی تھا۔ بس ایک ایک موتی کا ست لڑا ہوتا۔ لیکن قیمت میں یہ ایک زیور ہی ہزاروں زیوروں پر بھاری ہوتا۔ جوڑا ایسا ہی ہوتا جیسا نواب لوگوں کے گھروں میں پہنا جاتا۔ ساٹن یا سلک سل کر تی شامی کا تنگ چست جامہ اعلیٰ ریشم کا بند گلے کا کرتا۔ حیدرآبادی اپنی دیواری کی ٹوپی اور زر کا شیروانی یہ نواب ممتاز کے سلئے جو شیروانی آئی تھی۔ اس میں سیکڑوں روپے کے سچے موتی ٹنکے ہوئے تھے۔ لیکن اس وقت جو نواب ممتاز کے دل میں چراغاں ہو رہا تھا تو اس لئے نہیں کہ ان کے لئے لاکھوں کا پہناوا آیا تھا۔ یا وہ سونے سے بیلے اور موتیوں سے اجلے ہونے والے تھے۔ بلکہ ان کے اندر باہر ساری مفصل جھل تریوں مچی ہوئی تھی کہ اب ان کے نہلانے کے سامان ہونے سکتے ہیں اور خط کی بربط ہے کہ دولہا ملکے بیٹھنے کے لئے کبھی اپنے ہاتھوں نہ نہاتا، بلکہ دولہن کے گھر سے آئی ہوئی چھوکریاں، سالیاں، رشتے کی ساری لڑکیاں اپنی بیلی فوکر نبیاں یہ مبارک فرض انجام دیتیں۔ بھئی عمر بھر قوآدمی اپنے ہاتھوں نہاتا ہی ہے۔ یہ کوئی اس تپائے ہوئے جسم سے پونچھے جسے ایک وقت کئی کئی کنواری ہاتھوں کی ٹھنڈک نصیب ہونے والی ہو۔

اور اصل میں تو یہ کبھی بات نہیں تھی کہ نواب ممتاز محض چھوکریوں کے ہاتھوں نہانے کے لئے لذت کو مرسے جا رہے ہوں وہ تو وقتہ ہی دوسرا تھا۔

انھیں معلوم تھا کہ آج جن چھوکریوں کی اس فوج میں وہ پیشن بندی ہی آئی ہوئی تھی جو ان کی دولہن کا کام کرنے، اس کی پیشی میں سدا بندھی

رہنے کے لئے جہیز میں دی جانے والی ہے۔ اف وہ بھی کیا مزہ دار سلسلہ تھا! دولہا میاں کے تو وارے نیارے ہو جاتے۔ اس رواج کا سراکہاں جا کر ملتا تھا یہ تو نہیں۔ لیکن حیدرآباد کے اس مشہور نوابی گھرانے میں ایک بار ایسا ہوا کہ ایک بیٹی نے جنم لیا تو ایسی صورت تھی مانو نیندریا بچپن تو جوں توں کر کے کٹ گیا، اصل مصیبت جوانی آنے کے بعد آئی۔ بڑھ لکھ بھی گئی تقیس تو کیا ہو ایسی صورت کو ن گلے لگاتا؟ لڑکی دیکھنے والے آتے تو مصیبت کی ماری ماں نے بیٹی کی جگہ ایک چاند کا ٹکڑا بٹھا دیا۔ دولہا والے دیکھتے ہی مٹ ہو گئے۔ آنت بیٹھی کہ شادی کے دن جو عزاری مصحف اور جلوہ نمائی ہوتی ہے اس سے کیسے مٹا جاتا؟ اس کا حل یہ نکالا گیا کہ ٹھیک اسی لمحے جب آئینے میں صورت دکھائی جانے والی تھی۔ دلہن کو سوچے سمجھے پر گرام کے مطابق سخت زد دار نمکچر لا دیا گیا۔ منہ پیٹتے سرخ گھونگھٹ میں دلہن وہیں ڈھیر ہو گئی۔ سب رتیوں رسموں سے فارغ ہونے کے بعد جب دلہن کو اس کمرے میں پہنچا یا گیا اور پیچھے پیچھے دولہا میاں بھی شب زبفری کے لئے شرشتے بھینبتے وارد ہوتے تو داخل ہوتے ہوتے انہیں ایسا لگا کہ اصل چاند تو دروازے کی اوٹ سے طلوع ہو رہا ہے۔ گوشت کی بو پا کر سٹپٹا لپکتا ہی ہے۔ یہ کون سی نئی بات ہے؟ دولہا میاں ذرا ٹھٹکے جھجکے اور رک گئے۔ مگر وہ نہ ٹھٹکی نہ جھجکی، مزے میں کھڑی سکرا مسکرا کر انہیں پر جانتی رہی کہ اس مسکراہٹ کے صلے میں اس کے ماں باپ کا منہ پہلے ہی چاندی سے بھر دیا گیا تھا۔ لوگ میٹھے کی لالچ میں جھوٹا کھاتے ہیں۔ دولہا میاں نے پہلے میٹھے سے کی، بعد کو جھوٹا کھانا پڑا سے تو جوں تیسے

اس وقت تو ترمال سامنے تھا!

بعد میں سسرال والوں نے بڑی سے مجبائی نے مجبائی کہ کون سی لڑکی کی بنائی کون سی بیاہ دی ؟ لیکن دو لہا میاں ایسے شریف نہ تھے کہ کبھی بے چارے دولہا نے گلہ نہ کیا ۔ کہہ دیا' میری قسمت میں جو تھا میرے کو مل گیا ۔ اب میرے کو کسی سے خطمی کوئی گلہ نہیں ۔" اور پھر یورے حیدرآباد میں یہ ریت ہی پڑ گئی کہ جہیز میں دو لہن کے کام کاج کی خاطر کوئی طر حدار سی لونڈیا ساتھ کر دی جاتی ہے جو بہر دم دولہن کی پیشی میں بندھی رہے ۔ دلہن کے کام کا تو بس نام ہوتا" اصل کام تو د د لہا کا ہوتا ۔

حویلی میں جب بھی کسی شادی کی تام جھام مچتا' سارے لڑکوں میں رسّا کشی ہوتی رہتی کہ دیکھیں اس کے نصیب میں اب کے کون سی پری جمال لگی ہوئی ہے ایسا بھی بار بار ہوتا کہ شریف زادے لڑکے نظر اٹھا کر پیش بندھی کو دیکھتے تک نہ تھے۔ انہیں جو کچھ بھی مطلب ہوتا اپنی بیاہی دلہن سے ہی ہوتا ۔ لیکن ایسے پارسا تھے کتنے ؟ اور جو ایسے پارسا ہوتے بھی تو انہیں دوستوں کے طعنے سننے پڑتے ''یا تم میں کچھ کمی معلوم پڑتی ہے ۔ نئی تو رے کیا بات ہے کہ شیرینی تمہارے ہونٹوں کے اتنے قریب ، مگر تم ہونٹاں چاٹتے تک نہیں ؟ "

مرد سب کچھ سہہ سکتا ہے مرد نگی پر طعن نہیں سہہ سکتا ۔

اور غرض، ممتاز بھی انہیں میں سے تھے جو ٹھنڈے پانی کی تلیاں منہ کی لگا پیسے کو سعادت سمجھتے ہیں ۔

ایک دم رشتے کی بہنوں ، سالیوں کا پرسے کا پرا دوڑ تا آیا اور ان کا

ہاتھ زور سے پکڑ لیا گیا ۔
"اللہ ممتاز بھائی چلو نا ۔ آپ کو پانی نہلا کو ممتا جانی سے نیگ مانگیں گے ۔"

گھسٹتے ہوئے وہ لڑکیوں کے ہجوم میں کھنچتے چلے گئے " مایوں نہلائی " کی رسم بندھ کماموں میں نہیں ، ڈنکے کی چوٹ کھلے آنگن میں آسمان تلے ہوتی ہے جہاں چار سہاگن بیبیاں زرکار شامیانے کی ڈوریاں پکڑ کر چاروں طرف کھڑی ہو جاتی ہیں ۔ پانچویں سہاگن پہلے دودھ سے سر دُھلاتی ہے اور پھر ساری لڑکیاں دولہا پر ٹوٹ پڑتی ہیں ۔

"غم یہ ہے کہ نامراد شادی زندگی میں ایک بار ہوتی ہے ۔"
نواب ممتاز نے دل میں سوچا اور لڑکیوں بالیوں کی سرسراتی انگلیوں کی بے پناہ گدگدی سے جسم چرچرانے لگے ۔

"اگے اے گل چین گھدی کیوں کر رئی گے ؟ دکھتا نہیں کیا دولہا میاں کو برابر سے بیٹھنا بھی نئیں آ رہا ۔ ؟" ایک شریر سی لڑکی کے نیچے چھپتے ہوئے لہجے میں مسکرا کر اس لڑکی سے کہا جو نواب ممتاز کی بیٹھ پر کلیاں بکھیر رہی تھی ۔
وہ چھن سے ہنس پڑی

نواب ممتاز نے ذرا سا پلٹ کر دیکھا ہی تھا کہ انہیں ایسا لگا کہ وہ جادو کے اثر سے پتھر ہو گئے ہیں ۔ انہوں نے محسوس کیا کہ اب بیٹھے سے ہوتے ہوئے وہ موسیقی بھری انگلیاں ان کے شانوں سے ہوتی ہوئی پنجوں کی طرف آ رہی ہیں ایٹن اور مہکتے مسالے کی جی لوٹ پوٹ کر دینے والی خوشبو میں ڈوبتے ڈوبتے ابھر کر انہوں نے دیکھا ۔ لمبی لمبی کانوری انگلیاں جن کے سروں پر ناخنوں

کی بجائے یاقوت ٹنکے ہوئے تھے۔ دھیرے دھیرے ان کے حواس پر گر رہی ہیں۔

گل چمن ۔۔۔ ؟ انہیں یاد آیا ، یہی نام تھا ، یہی پکار تھی جو اتنے دن سے ان کے کانوں میں پڑ رہی تھی کہ دلہن کے ساتھ گل چمن پیش بندھی آ رہی ہے اب پیچھے سے فارغ ہو کر وہ سامنے آگئی تھی ۔۔۔ پیر دھلانے وہ سامنے آئی تو نواب ممتاز اسے دیکھتے ہی رہ گئے ..

کم نجست کرتی یا وہم ؟
انہوں نے دل ہی دل میں شہادت کی انگلی سے انگوٹھا ملا کر گول جھلّا سا بنایا اور پھر خود ہی اس خیال کو رد کر دیا ۔ اوہنوں ! یہ جھلّا بڑا بڑے گا۔ کم تو اس سے بھی تبلی ہے نا مراد کی ۔"

وہ بڑے انہماک سے رگڑ رگڑ کر پیر دھلا ئے جا رہی تھی ۔۔۔ گھنے بالوں کے کچھ پیشانی پر جھنجھول رہے تھے۔ گیہوں رنگ تپ کر سرخی مائل ہو رہا تھا۔ کرتا خدا کا شکر ہے بند گلے کا تھا، مگر پھر بھی صاف ظاہر تھا کہ اندر جو بھی تھا اپنے آپے میں نہیں تھا ۔ ابھرآنے پر کمر بستہ تھا اور یہ ساری دہ ماندلی پیٹ کی پیتنوں کی تھی ۔۔۔ نہ پیٹ ایسا چپاتی ہوتا نہ اُبھاریوں نمایاں ہوتے ۔

اسی دم پیچھے سے کوئی پکارا : ایے اوگل نہیں کدھر مرگئی ۔ اس کا چھوکرا رو رہا ہے ۔

چھوکرا ۔۔۔ ؟ نواب ممتاز نے دل ہی دل میں سوچا ۔ میرہ وہ خوش ہو گئے ۔۔۔ بہت سے لوگ بچے پھل کے شوقین ہوتے ہیں ۔ نا مراد دونوں کو پتہ نہیں کہ پکا ہوا پھل کیا چیز ہوتی ہے! ارے کچے پھل میں وہ بات کہاں جو

پکے ہوئے رس دار پھل میں ہوتی ہے ۔۔۔ ذرا ہاتھ لگاؤ اور ٹپ سے جھولیں پانچویں دن شادی تھی ۔

مایوں سے لے کر شادی تک کے پانچ دن ممتاز نواب نے کیسے گزارے اس کا پتہ صرف ان کے اپنے دل کو تھا ۔ ان کی تو دلہن بھی بڑی خوبصورت اور نازک، کا پنکھ کی گڑیا سی تھیں۔ لیکن وہ کم جو جانے تھی بھی یا نہیں، ان کے وجود کو تہہ دربالا کر گئی تھی ۔ وہ ہنسی جو چھین کر کے ان کے حواس پر گئی گئی تھی، وہ رنگ دہی رنگ جو جبنت سے آدم کے اخراج کا باعث بنا تھا۔ وہی داؤد گندم کا رنگ جو تپ تپ کر سونا بن گیا تھا اٹھنیں رہ رہ کر للکار رہا تھا ۔ "کھا کر دیکھو، کیسا نشہ آتا ہے!"

کیسی عجیب بات تھی ۔ ایسا بھنور اج زندگی بھر کلی کلی کا رس چوستا آیا ایک ایسی کلی کے پیچھے دیوانہ ہو رہا تھا جو "منہ بند" تھی بھی نہیں ۔

شادی کی رسمیں ختم ہوتے ہی ختم ہی نہ آتی تھیں ۔ ادھر لونواب ممتاز ضبط کی حدوں سے گزرے جا رہے تھے ۔ جی تو کہتا تھا یہ سہرا وہرا اٹھا کر پھینکو اور ایک ہی چھماکے میں گودیں پیشی بند ھی کو بھر کر کسی کونے کھدرے میں جا دبکو، لیکن ڈیوڑھی کی رسمیں رہ میں ۔ اللہ اللہ !

ساری فضول رسموں سے فراعت ہو گئی قدرے لہاذا اب انھے کہا نواج کو' بلا کر رازداری سے کہا ۔۔ چچا بی جان میں آپ کو جتاتے شے رہا ہوں کہ اگر کوئی نے بھی میرے کمرے میں جھانکا تو میں صبح اس کا کھوپڑا ہی جدا کر دوں گا ۔ "

نئے دلہن دو لہا کے کمرے میں تاکنے جھانکنے کا سلسلہ بے حد عام تھا ئے چارے بھولے اور شریف ختم کے لڑکے تو یہ بات جانتے بھی نہ تھے ۔۔۔

اس لئے بڑے ہنستے۔ صبح کو ان کی وہ منہ سی اڑائی جاتی کہ پھر دہن کے کمرے
کی طرف قدم اٹھانے کی بھی ہمّت نہ ہوتی ۔۔ جو جہاں دیدہ ہوتے وہ دراز
کی ڈبریوں پر کاغذ چپکا کر نچینت ہو جاتے ۔ بات بھی کرتے تو سرگوشیوں میں
اور جو اناڑی ہوتے تو ان کے بوسوں کی پٹاپٹ بھی چار کمرے دور تک سنائی
دیتی اور اس کا بھگتان بھی وہ دوسرے دن بھگت لیتے۔

ممتاز نواب چاروں کھونٹ چوکس تھے وہ ہر طرح اپنا انتظام پورا کر
چکے تھے۔ آخر دو مصرعوں سے گزرنا تھا غافل کیسے رہتے ؟
بھابی جان سنہیں اور شوخی سے بولیں" میں تو کسی کو اتنے نزدیک نہ دیکھوں گی ۔
مگر تنہائی کا اتنا بھی ناجائز فائدہ نہ اٹھایا کہ صبح کو بے چاری دلہن کو اٹھنا بھی
نہ آئے ۔"

"دلہن کو ؟" نواب ممتاز دل ہی دل میں ہنس دئیے ۔

دلہن کی سیج ممتاز جانی والے کمرے سے ہٹ کر برابر کمرہ جو کہ اس میں بجائی
گئی تھی ۔ دلہن کے کمرے میں داخل ہونے سے پہلے ایک اور کمرہ نما راہ داری تھی
اسی راہ داری میں پیشین بندھی کو رہ رہا تھا کہ دلہن کو کام دام پڑتے تو زیادہ دوری نہ
رہے ۔ لیکن اتنا زیادہ نزدیک بھی نہیں کہ دو لہا دلہن کی بات چیت بھی پیشین بی
سن لے ۔ ایک دروازہ دلہن کے کمرے میں تو تھا ہی، ایک راہ داری کا کمرہ نما
جو کہ اس میں بھی تھا ۔۔ اور یہی در اصل نواب ممتاز کے ارمانوں کی سیج تھی
ساری لڑکیوں، بالیوں، میراثنوں، اور کلٹر بازیوں کو پیچھے چھوڑ کر نواب
ممتاز راہ داری میں داخل ہوئے اور دروازہ بند کر لیا ۔

سامنے ایک پلنگڑی پر دبی ہوئی گل چھین مسکراتی ہوئی میٹھی تھی جو سارے

گلوں اور جبینوں کا نچوڑ تھی ۔ دو مسکراتے ہوئے ہونٹ ۔۔۔ جیسے رس بھرے سنہرے آم کی اوپر تلے دو قاشیں رکھی ہوں اور کہتی ہوں،" یو اور رجوس ڈالو" ہونٹوں کا یہ صحیح مصرف تو آج ہی نواب کی سمجھ میں آیا ۔) وہ جو پانچ دن سے ترس رہے تھے ۔ اور یہ سوچے ہوئے تھے کہ ایک دم ٹوٹ ہی پڑیں گے ۔ قدرت کی اس صناعی کو حیران حیران کھڑے دیکھتے رہے ۔ چونکے تو اس وقت جب ان کے کانوں نے یہ سنا ،" کپڑے اتار دیوں ؟"

نواب ممتاز بدکھلا گئے ۔ "کپڑے اتار دیوں ؟" وہ جو زندگی بھر ہزاروں لڑکیوں کے کپڑے تار تار کرتے آئے تھے ۔ اس لفظ ہر آسمان سے سوال سوال بٹ لگئے ۔۔۔ وہ سوال جواں کی ملکیت کر رہی تھی ۔

" کیوں ؟ " ایک عجیب احمقانہ سوال ان کی زبان سے نکلا ۔

وہ ہنسی ۔۔۔ اس قدر بے باکی سے ہنسی کہ ان کے اندر کا مرد بیدار ہو گیا ۔ "کپڑے کا ٹیکو اتارا کرتے ہیں نا ! اب صاحب ۔ آپ ﷺ نا تا بھی نہیں معلوم ؟

انہوں نے پاگلوں کی طرح دلہن کے دروازے کی کنڈی باہر سے چڑھائی اور بیسیں بندھی پر ٹوٹ پڑے ۔

عجیب ہونٹ چاہتے ہوئے ۔ وہ اس عارضی کیسے سے اٹھے تو خوش ہو کر انہوں نے بٹوہ کھولا اور کھن کھن کرتے بیس روپے اس کی لرزتی ہوئی ننگی ہتھیلی پر رکھ دیئے ۔

وہ اچھی تک اسی جوڑے میں ملبوس تھی جو عورت نے دنیا میں پہلا قدم رکھتے ہوئے پہنا تھا ۔ لیکن روپے پانے کی خوشی میں اپنی برہنگی سے بے خبر

وہ کھٹ سے اُٹھ بیٹھی ۔ ایک : دو تین چار، پانچ کرکے اس نے ناسی دم سارے روپے گن ڈالے ۔ اور نواب جو اتنی دیر میں ذرا آگے جا چکے تھے ۔ جا کر انہیں جھنجھوڑتی ہوئی بولی' ۔ یہ روپے ۔ یہ بیس روپے آپ میرے کو دیئے ؟"

نواب دھیرے دھیرے پھر پلٹ آئے ۔ مسکرا کر کہا ، "ہاں"
وہ اسی دیوانگی بھری خوشی سے بولی " صرف ایک بار کے داسطے ؟"
نواب نے ہاں میں سر ہلایا نو وہ لجاجت سے ان کا ہاتھ پکڑ کر بولی ، "تو ایک بار مزید ۔۔۔ بس ایک بار حضور! وہ گڑ گڑائی ۔

نواب ممتاز نے غور سے اسے دیکھا وہ یہ نہیں سمجھی۔ پھر گڑ گڑا کر بولی ۔
"بچے کو تو میں افیون کھلا کہ سلا دی ہوں ۔۔ وہ ہرگز نہیں اٹھنے والا ۔ آپ کو قسم ہے ۔ بیس روپے بہت ہوتے ، نواب صاحب یہ تو میرے سال بھر کا خرچ ہے ۔ میرا مرد کتنا خوش ہوئے گا ۔ !"
تیرا مرد ؟ نواب ممتاز ٹھٹھک گئے ۔

ہو نواب صاحب وہ دلہن بی کی حویلی میں دربان ہے ۔ مگر کتنی کم تنخواہ ہے کہنا اسے نیچے کہ دو دھ ملتا نا ہم کو چاول ۔ یہ بیس روپے تو نواب صاحب سال بھر سے زیادہ چلیں گے ۔"

نواب صاحب نے ابھی ابھی جو نشر پایا تھا سر سر کرکے ساتھ کا سارا اتر گیا ۔ انہیں اپنے حلق میں کھاری پن کا احساس ہوا ۔ کیا آنسووں سے ان کا حلق تر ہو رہا تھا ۔ ؟ انہوں نے رکتے ڈوبتے لہجے میں پیش بندی سے پوچھا ۔ "تیرے میاں کو معلوم ہے کہ آج رات تو کہاں ہے اور کیا کر رہی ہے ؟"

"معلوم؟ اجی نواب صاحب اس نے تو خوشی خوشی یہ بول کو میرے کو بھیجا تھا کہ نواب صاحب کو ضرور خوش کرنا۔ وہ پانچ روپے سے کم نہیں دیں گے مگر آپ تو ۔ ۔ ۔ ۔ ۔" اور مارے غوشی اور احسان مندی کے اس کی آواز گھٹ سی گئی۔

نواب صاحب خاموش ہو گئے۔ صدیوں کی خاموشی بی بی سے ان کے وجود پر چھا گئی۔ وہ کہتے جا رہی تھی۔ "آپ کو نہیں معلوم نواب صاحب پیش بندی بننا کتنی خوش قسمتی کی بات ہے۔ مگر ایک بات ضرور ہے کہ وہ نہایت ہی آپ کا سا دل والا نہیں ہے۔ ۔ ۔"

"تقدیر بھی لکھی ہے بھی ہے؟" نواب صاحب پاتال میں سے بولے "پڑھی لکھی؟" وہ ذرا طنز سے ہنسی "ہاں! اتنی پڑھی لکھی تو ہوں جو یہ جان پاؤں کہ چاند چمکتا بھی ہے تو ہم غریبوں کے گھروں میں اندھیرا پیار تنہائی ہے ہوریہ کی روپیہ ہے" اس نے ایک کھن کھن روپیہ نکال کر نواب ممتاز کو دکھایا "یہ روپیہ جو ہے اس میں چاند اور سورج سے بھی زیادہ چمک ہوتی ہے ۔ ۔ ۔"

نواب ممتاز پتھر بنے سن رہے تھے۔ وہ اچانک پھوٹ پھوٹ کر رودی۔ "پیش بندی بنتا کیا بُرا ہے نواب صاحب ۔۔ آپ یہ سوچیے کی میں اتنی شرمیلی لڑکی ہوں کہ اپنے میاں کے لیے ذریعہ بھجائے سوا اپنے پاس پھٹکنے بھی نہیں دیتی مگر پیسہ ۔ ۔ یہ پیسہ ۔ ۔" اس نے مبیوں کے بیس روپے کھن کھن کر کے فرش پہ پینک دیئے۔ "اس پیسے کے مارے میں اپنے سارے کپڑے آپ اتارو دی کہ آپ کو پرچاؤں، نہیں تو آپ یوں ہی چلے جلتے اور یہ تو میری آمدنی کی رات تھی۔ پیسے کے واسطے بے شرم بننا اچھ تا ہے نواب صاحب"

نواب ممتاز نے ایک جھٹکے کے ساتھ اپنے گلے سے موتیوں کا ست اُتارا اور اس کے پیروں میں ڈھیر کرتے ہوئے بولے " تو اسی وقت اپنے میاں کے پاس چلی جا ۔ الفاظ آنسوؤں کے بوجھ سے ان کے گلے میں ٹوٹ بیٹھے تھے ۔" شائد یہ تیری زندگی بھر کو کافی ہو جائیں گا ۔ بہت قیمتی ہار ہے"۔
اس نے ہار اٹھا کر نواب صاحب کے گلے میں ڈال دیا۔ اور وہ لپٹے لفظوں سے بولنے لگی ، " یہ ہار تو میرے کو اکیلی کو زندگی بھر کو کافی ہو جائیں گا۔ مگر حیدرآباد میں کتنی ساری غریب چھوکریاں ہیں نواب صاب، جن کو کبھی نہ کبھی تو پیٹ کے واسطے پیش بندھی بن کر، پیسہ کمانے کو دولہوں کو پر چانا ہو کے سیج سجانا پڑے گا ۔ نواب صاب آپ بڑے آدمی ہیں، آپ میرے کو آج یہ وعدہ دیو کی حیدرآباد سے اس لعنت کو آپ ختم کرکے اِچ دم میں سگے دلہن کے واسطے کام کاج کے واسطے جائیں گی تو کوئی بڈھی عورت — میرے ایسی جوان لڑکی نئیں جس کے دل میں پیار تو اس کے میاں کے واسطے ہو ، ہو ر جسم دولہوں کے سیج پو ۔ "
میں اکیلا — حیدرآباد اتنا بڑا ۔ میں کیسے اس خبیث ریت کو توڑ سکوں گا گل چمن ، ؟ " نواب ممتاز کے لہجے میں گہرے دُکھ اور کرب کی چھاپ تھی ۔
وہ بڑے اعتماد سے بولی "آپ کر آتا بھی نئیں معلوم نواب صاحب کی گھور اندھیرے میں روشنی پھیلانے کما ایک چراغ اِچ بہوت ہوتا۔
نواب ممتاز نے غور سے اس حوصلہ مند لڑکی کو دیکھا جو اُنھیں اندھیرو سے روشنیوں کی طرف بلا رہی تھی ۔ ان کی موتی ہوئی آنسو کبھری آنکھوں نے ایک فیصلہ کرلیا اور انھوں نے اپنے سر سے زرتار صافہ اتار کر اس کے برہنہ جسم ڈال لیا

ناگن

"اَیّا پاشا - جلدی سے پردہ کر دیو - بڑے سرکار اُندرج آرئیں۔"
مغلانی بی کی چھچھوکری کرمن کی آواز سنتے ہی مہرآرا ء ایک دم زنان خلنے کی طرف لپکی۔

حویلی میں بے حد پیاری اور حواس گم کر دینے والی شام کا افتتاح ہو ا تھا۔ خواجہ سرا فانوسوں میں رکھی ہوئی شمعیں روشن کرتا اِدھر اُدھر آجا رہا تھا۔ مالن موتیا کی مست کر دینے والی خوشبو سے لدے تازہ کھلے پھولوں کے گجرے سب کے کمروں میں رکھتی پھر رہی تھی۔ پرلی طرف صحن میں کہا ردانے خس کی جھاڑو د سے آنگن صاف کر کے گلاب اور عنبر کے پانی سے چھڑکاؤ کرنا شروع کر دیا تھا مہر آرا گرما کی شام کو صندل کے پانی سے غسل کر کے حمام سے نکلی ہی تھی۔ ابھی جوان جسم کی مہک صندل سے پوچھ ہی رہی تھی کہ تم زیادہ تو بے شکن ہو یا میں؟

کہ کرمین کی آواز نے اسے بولا دیا۔ لانبے لانبے بالوں میں سے ابھی موتی ٹوٹ ٹوٹ کر بکھر ہی رہے تھے، ابٹن کی خوشبو ابھی حسین سراپا کے گرد طواف کر رہی تھی، حسین آنکھوں میں جو پہلے ہی کم قاتل نہ تھیں ۔ سیکا کائی پڑ جائے گلابی ڈوبتے گہرے ہو کر قتل عام کی دعوت سے ہی رہے تھے کہ کرمین کی آواز آئی اور آواز بھی کیا کہ "بڑے سرکار اُدر پدھار ئیں ــ " اس نے سوچا "ہائے انوں اگر مجھے اس انداز میں دیکھ لیں تو ــ ؟ انوں تو آگے اج ہزار بار تاک جھانک کرے کو بیٹھے میں ۔۔ ایسے میں تو ما ں بی بی گھر سے باہر ہیں ــ "
اس نے بے حد شرم کر یہ سب سوچا حضور، مگر قریب ہوتی ہوئی رات نے، حواس چھین لینے والی عنبر، موتیا، صندل اور ابٹن کی خوشبو نے کچے آنگن کی عطرگل کی مہک نے، گٹھلے پانی میں غسل کی حیات بخش لذت نے اور تین سال سے خود اس کے اپنے ترپتے ترپاتے ارمانوں نے یہ بھی سوچا۔ "ایسی حسین شام کو اگر مجھے وہ ایک ہی بار قریب کر لیں تو؟"
پتہ نہیں اس کے خیالوں نے بڑے سرکار کو آواز دی تھی یا انھیں بھی خوشبوؤں نے بڑھاوا دیا تھا ۔ یا تنہائی اور بے پناہ تنہائی نے ان کی ہمت کو للکارا تھا وہ سو چتے ہی الہ دین کے جن کی طرح وہیں حاضر تھے ۔ اپنے پورے اونچے بھاری جثہ کم قد اور فدا ہو جانے والے انداز کے ساتھ ــ اور کوئی وقت ہوتا تو وہ اِدھر زنانے میں قدم بھی نہ دھرتے، مگر اس وقت ان کے نصیب سے پوری حویلی خالی تھی ۔ سب لڑکیاں بالیاں، نوکر، چاکر، حویلی سے گئے ہوئے شہر ــ بھلا! ا نی نہیں جا بیٹھی تو پوری فوج ساتھ کیسے نہ جائے ۔ وہ تو ایک اتفاق تھا کہ مارے گرمی کے مہاراجہ کا جی الٹ پلٹ ہو رہا تھا اس

اماں بی سے معذرت کرلی تھی کہ وہ بالکل نہیں جاسکتی ،اسے گھر پر رہنے کی اجازت
سے دی جائے کہ صندل کے پانی سے غسل کرکے ذرا تراوٹ حاصل کرلے دیدے بلے
اور وسوسوں والی امنی نے پہلے تو ذرا شک سے مہر آرا کو دیکھا ،لیکن بھوسے
کھابے چہرے پر کسی بھی قسم کی گھبراہٹ نہ پاکر کہہ دیا ۔کہ کرمین سے بول دیو ۔
صندل والا پانی تیار کرنے کو رکھے ۔ پر آتی بات ، یاد رکھو کی نہا کر ایک دم کھلے
آنگن میں مت نکل کر آنا ــــ چپ کے چپ ،نہیں نو بخار و خار آ جائیں گا۔
ہور بال الٰہ چھ سے پوچھنا۔ سب احکام قبول کرکے مہر آرا وہاں سے لگی تو اوپر سے
اتنا اور سنا دیا ۔"ہور سنو،بی بی شام پڑے عطر و طرمت لگانا، بن ناچ الٹ
پلٹ ہو سلنے کو ــــ."

اور جو حجاب نسیم کا عطر خود یہاں سے وہاں تک نیتوں کو ڈانوا ڈول
کرتا پھر رہا تھا؟ اس کے بارے میں اماں بی کوئی ہدایت کیا دے پا تیں ۔
اور ساری آگ تراسی کی لگائی ہوئی تھی جیسے ہی مہر آرا اپنے آراستہ سرخ محل
میں پہنچی (اماں بی نے سب لڑکیوں کو انہیں کی پسند کے مطابق ایک ایک کمرہ ایسا
عنایت کر دیا تھا ۔جس میں دیواروں سے لے کر قالین ، پردے ، دیوان ، چادریں
غلاف اور فانوس تک پسند کے ہی رنگ کے لگوائے جاتے تھے ۔ مہر آرا سرخ رنگ
کی دیوانی تھی ۔ اس کے حصے میں سرخ محل آیا تھا اس کے سراپے میں آگ سی لگی
ہوئی تھی ۔ تنہائی کی بھرپور شراب پاکر بڑے سرکار بھی اُدھر ہی کھسکنے چلے آئے) اور
گلاب رنگ کی دیکھ کر آئینے میں زد سے ہنس پڑے مہر آرا نے لرزکر ، گھبرا کر سہم
کر آئینے میں دیکھا اور پھر ایک دم سیدھی پلٹ پڑی ،اور یوں بڑے سرکار کا سامنا ہو گیا جب
جب کچھ نہ سوجھا تو ماسے گھبرا ہٹ کے جانے کیسے اسے آداب محفل یاد آگئے
ــــــــ سر کو جھکا کر نازک سے حسین پیشانی کو چھو کر ۔

بولی "آداب عرض ہے ۔ "

بڑے سرکار اس وقت بڑی موج میں تھے آگے بڑھ کر اُسے پوری کی پوری اپنے بازوؤں میں بھر کر بولے" ہم تو مرد ہیں مرد ــ اور جانتی ہو ۔ مرد سلام کا جواب کس طرح دیا کرتے ہیں ۔ ؟ "

مہر آرا اس اچانک وار کے لئے قطعًا تیار نہ تھی ۔ بغیر کسی گھما گھمی کے، بغیر تماشے با جول کے، بنا کسی دھوم دھڑکے کے، بنا کسی تیاری کے، یہ چاند سہاگ رات کیسے آ گئی ۔ لیکن کس کس کر کی جوانی نے اسے کچھ سوچنے اور بجاوید کرنے کا موقع ہی نہ دیا ۔ بڑے سرکار نے ایک مردی طرح اس کے آداب کا جواب دیا ـــ اور ایسا جواب ؟ مارے شرم، گھبراہٹ اور سکراہٹوں کے بوجھ کے اس کی آنکھ اوپر اُٹھتی نہ تھی، نہ کھلتی تھی ۔

طلسم اس وقت ٹوٹا جب کریم دودھ کا گرم گرم پیالہ پاشلاک کے لئے لے آئی ۔ بڑے سرکار کنڈی جڑھائے بیٹھے تھے کھٹر کھٹر پر دروازہ کھولنے گئے یہ کبھی نہ سوچا کہ کریم کیا سوچے گی ۔ کھڑے سے دروازہ کھلا اور ایک دیوزاد کی طرح اُنہیں چھپایا دیکھ کر کریم کے ہاتھ پر ا گرم گرم دودھ اُن کے پیروں پہ گرم پڑا ۔ اُن کے منہ سے" سی" کی آداد نکلی اور کھلے بالوں کی گھٹا لہراتی مہر آرا اپنے پلنگ پر سے کود چو کھٹ میں کھڑی ہو ئی کریم کے سر پہ چاسوار ہو ئی اور پو رے بیبیوں والے انداز میں ڈانٹ کر بولی ۔ " ہوری اندھی ہے کیا ؟ وہ تو اچھا ہوا کہ ان کے پاؤں میں پڑا ۔ ۔ ۔ جو کبھی چھالے پڑ جاتے تو ؟" صرف دس منٹ کی قربت نے کس قدر اسے یگانہ بنا دیا تھا ۔ لیکن کریم اس انداز سے کہاں سوچ سکتی تھی ۔ ۔ سرد ٹھنڈی آنکھوں سے بس یہی دیکھا کہ بڑے سرکار کا ور

پاشا ایک کرے میں بند تھے۔ اس آنکھوں کی اندھی نے چہرے پر چھلکتے چاند دیکھے نہ سانسوں میں مہکتا عطر دیکھا۔ گالوں پہ کھلتا گلال دیکھا، نہ آنکھوں میں محبتوں کے چھلکتے ستارے پرکھے، وہ یہ سب دیکھتی بھی کیوں اور کیسے ؟ اس کا تو کام ہی یہ تھا کہ رخصتی تک بس مہرآرا پر کڑی نگاہ اور پابندی رکھے اور لاکھ نکاح ہو بھی چکا تھا۔ تب بھی اس کا فرض تھا کہ بڑے سرکار کو اس کے کمرے میں آنے سے روکے ۔۔۔۔ خدا رسول کی نگاہ میں تو وہ ایک ہو ہی چکے تھے اور کوئی گناہ انہوں نے کیا نہیں تھا۔۔۔۔ لیکن دنیا والوں نے بھی کچھ اپنے اصول بنائے ہیں ان کو بھی تو نبھانا ہی پڑتا ہے۔

ہو ا یہ کہ مہرآرا چونکہ بے حد حسین تھی اور بصارت جنگ یعنی بڑے سرکار (جو در اصل چھوٹے سرکار تھے مگر بھابیوں میں بڑے ہونے کی وجہ سے بڑے کہلاتے تھے) اسے ایک شادی کی محفل میں دیکھ کر قواری صدقے ہو چکے تھے، اس لیے چاہتے تھے کہ کسی بھی حالت میں اسے دلہن بنا کر ہی دم لیں۔۔۔ اور ہر مہرآرا بھی معمولی لڑکی نہیں تھی ایک بڑی بڑی جائیگر کے مالک نواب باپ کی بیٹی تھی اس کی اہمیت یوں بھی زیادہ تھی کہ ماں باپ کی اکلوتی لڑکی تھی، اور پانچ بھائیوں کی بہن تھی ۔ قاعدے کے مطابق جب بصارت جنگ کا پیام بڑی حویلی میں بھجوایا گیا تو لڑکی والوں کو ان میں ایسی کوئی بات ہی نظر نہ آئی کہ پیام رد کیا جاتا۔ ہر لحاظ سے ہر معیار پر پورے اُترتے تھے۔ لیکن چونکہ بھی ایک حماقت کی رسم چلی آرہی ہے کہ اپنی بڑائی جتانے کو خواہ مخواہ "ہاں" کہنے میں دیر کی جائے، اس لیے یہی حماقت اس وقت بھی لڑکی والوں نے کی ۔۔۔ اور ویسے بھی یہ حیدرآباد کا پرانا دستور ہے کہ بعض مرتبہ ضرورتاً اور

یعنی مرتبہ بالکل آڑ حجابانے کو۔ بس لڑکی کا عقد پڑھا دیتے ہیں۔ اور رخصتی سال دو سال کے بعد کے لئے اٹھا لکھتے ہیں۔ ضرورتاً میں یہ ہوتا ہے کہ کئی بار لڑکی کی تعلیم حاصل کر رہی ہوتی ہے۔ یا اتنی چھوٹی ہوتی ہے کہ شادی کے یا گھر بار سنبھالنے کے قابل ہی نہیں ہوتی۔ لیکن چونکہ یہ دگرا لگا رہتا ہے کہ لڑکا اچھا ہے۔ ہاتھ سے نکل نہ جائے۔ اس لئے صرف عقد پڑھوا لیا جاتا ہے۔ اور بعد میں ایک اور زر د شوت کے منگاوے کے ساتھ مقررہ مدت کے بعد دلہن کو رخصت کیا جاتا ہے۔ کہاں تو بصالت جنگ مہرآراء کے وصال کے لئے مرے جاہے تھے اور کہاں ہیں بھی اسی دوہری شادی کے چکر میں پھنس جانا پڑا۔ یا تو یہ طے کئے بیٹھے تھے کہ شادی ہو گی اور جنت کے مزے لوٹیں گے، یہ ہوا کہ صرف عقد یہ بات ٹھلی بنی اور فرقت کی آگ کو دوزخ کی تپش سے بڑھ کر جھلگا۔

مہرآراء یہ ان کا دل آ جانا کوئی ایسی انہونی بات بھی نہیں۔ حسن کی مورت تھی، شباب کا عالم تھا۔ پھر انہوں نے تو لائے اپنی سہیلیوں کے جبر منٹ میں ہنس ہنس کر باتیں کرتے ہوئے کبھی دیکھا اور سنا تھا۔ جو حیدرآبادی اور یو پی کی ملی جلی زبان بولتی تھی۔ جو "نکو" بولتی تھی، "اماں نی" بولتی تھی، بگر لہجہ یو پی والوں کا ساتھ تھا۔ جس نے گھر پہ رہ کر دلی والی استانی سے تعلیم حاصل کی تھی، جس نے دور ہی دور ہی جلوہ دکھا کر اہیں اپنا دیوانہ بنا لیا تھا۔ اور در اصل ساری گڑ بڑ یہی تھی کہ چونکہ انہوں نے اسے ایک شادی کے منگلے میں دیکھا تھا۔ اس لئے شادی کی مناسبت سے اس نے کپڑے بھی ایسے جھل جھل پہن رکھے تھے۔ زیب بھی ایسا جھبکا جھمول اور جگہ مگر کرتا سجا رکھا تھا کہ نہیں آتا ہوا دل آ جاتا۔

پہلے تو دولہا والوں نے بہت سچ مچ مکری۔ بہت باتیں بنائیں کہ شادی رخصتی سب ساتھ ساتھ ہو جائے۔ مگر دلہن والوں کی ایک نہ ہزار نہ ۔۔۔ وہی اڑ کہ لڑکی ابھی چھوٹی ہے، پڑھ رہی ہے۔ اور حقیقت یہ تھی کہ ایسی کوئی بات تھی ہی نہیں۔ یہ ضرور تھا کہ مہر آرا ابھی ابھی کلی سے پھول کی مانند کھلی تھی۔ لیکن کیا کم سنی میں شادیاں نہیں کی جاتیں۔ مگر وہاں تو سارا سلسلہ یہ تھا کہ لڑکی کا مان بڑھایا جائے۔ بڑے نواب صاحب ہمیشہ کہتے تھے۔ ادھر پیام آیا ادھر شادی کر دی تو لڑکی کی کوئی قدر نہیں رہتی۔ جب تک جوتے کا تلا اور چوکھٹ ایرا پھیری میں گھس نہ جائیں، وہ شادی ہی کیسا ہوئی'' ۔ اور ابا کی خواہش کے مطابق مشا طلبی کا ملازموں کا گھسنے کے قریب آچکا تھا۔ اور حویلی کی چوکھٹ ان کے جوتے کی رگڑ کھاتے کھاتے زمین اڑنے لگی تھی۔ اور شادی کی تاریخیں قریب آ رہی تھیں کہ جوانی کی بیتابی کے ہاتھوں یہ گل کھل گیا۔

کرمین با ہر درد ڑنے کو لیکن کہ کسی نہ کسی کو یہ راز سنا کر دل کا بوجھ ہلکا کرے کہ بڑے سرکار نے کس کس کی کلائی پکڑ لی ۔ وہ پہلے ہی باولی ہو رہی تھی اب تو بالکل ہی گڑبڑا گئی ۔

''پہلے دعدہ کرو یہ بات کسی سے نہ کہو گی'' ایک تو بڑے سرکار کا رعب داب ہی ایسا تھا ۔ اس پر ولی دادی ماں کے بیٹھتے کہا بات کرتے میں جن کے منہ سے پھول جھڑتے تھے ۔۔۔ کرمین کے منہ سے کچھ نکلتا تب نا جب تک وہ اپنا مٹھو اس کے حوالے کر چکے تھے ۔ جس میں کئی سوہانی روپے جھن جھنا رہے تھے۔

پیسہ اگر سب سے بڑی طاقت نہیں تو بہت بڑی طاقت ضرور ہے۔ کرن نے اپنا منہ سی لیا۔ لیکن مہرآرا جو نرم گرم بوسوں کے سحر سے اب آزاد ہو چکی تھی پریشان ہو کر بولی " ہو کچھ ہو گیا تو جی؟"

اس کچھ کا مطلب خود بڑے سرکار بھی اچھی طرح سمجھتے تھے لیکن اس سہاگ رات کا سحر جو وقت سے کچھ پہلے ہی آ چکی تھی ، ابھی تک ٹوٹا نہ تھا۔ وہ اسی الھڑ پن سے بولے۔ "تو کیا ہو گا ؟ ہم ایک بیٹے کے باپ بن جائیں گے۔"

با وجود پریشانی کے مہرآرا کو ہنسی آ گئی ۔ لیکن یہ ہنسی جلدی ساتھ چھوڑ گئی ۔ اسے اپنی ایک ساتھ کھیلی سہیلی کی واردات اچانک یاد آ گئی۔ بسکہ اسی کی طرح نکاح ہوا تھا۔ رخصتی ہوتی با تی تھی کہ کسی نہ کسی طرح تاک جھانک میں وہ دو لہامیاں کے ستھتے چڑھ گئی۔ اور خدا کا کرنا اس کا پیر بھاری ہو گیا۔ اب کون گواہی دیتا کہ یہ گناہ نہیں تھا ۔ اور اسی کا بچہ تھا۔ جس کو خدا رسول کے نام کے ساتھ اس کی زندگی کا حصہ دار بنایا گیا تھا۔ مگر ایسی بدنامی ہوئی کہ پھر اس کا چاہنے والا بھی رخصت کرا کر نہ لے گیا۔ کہیں وہی حشر اس کا بھی نہ ہو ! اس نے گہرے شبہ کے ساتھ سر اٹھا کر بڑے سرکار کو دیکھا ۔ لیکن اسی لمحے اسے وہ جملہ یاد آ گیا : "ہم تو مرد میں مرد ۔۔۔ اور جانتی ہر مرد آ درب کا جواب کس طرح دیا کرتے ہیں ۔۔۔ ؟"

ایک دم اس کا دل سارے وسوسوں سے پاک ہو گیا۔ جس کا مرد اسنے تیجے کا ہو اسے کیا ڈر ؟

اس کا دل نشے میں ڈوب گیا ۔

دونوں باتیں ایک ہی ساتھ ہوئیں ۔۔۔ اس دن مہرآرا سیج کو اٹھی نہ تو

حسب معمول منہ ہاتھ دھونے حمام میں گئی، وہاں اسے الٹیاں آنے لگ گئیں۔ متلی کے شدید جھٹکوں نے اسے بے حال کرکے رکھ دیا اور اسی دن لڑکے والوں کے یہاں سے سندیسہ آیا کہ بھئی اب کب تک معاملہ لیت و لعل میں رکھیں گے۔ عقد کو ہوئے تین برس گزر چکے ہیں۔ خیر سے صاحبزادی بھی اپنی تعلیم پوری کرچکی ہیں اور اب اس سن میں آپ کی ہیں کہ ایک بیوی بہو، اور ماں کے فرائض بخوبی انجام دے سکیں۔ اس لیے اب بسم اللہ کیجئے۔

اماں بی نے بھی سوچ بچار کرکے بسم اللہ تو کرا دی، مگر ساتھ ہی یہ بھی نیوتا بھجوا دیا کہ ہماری اکلوتی ایک بچی ہے۔ سارے ارمان ہم نے اس پر نکالنا ہیں۔ اس واسطے ابھی جہیز کپڑا لتا تیار کرنے کو ہم نانیں کچھ دو دو تین تین مہینے تمدید دے دو۔"

حسب تین سال انتظار کیا تو تین ماہ کی کیا بات تھی؟ دونوں طرف سے شادی کی تیاریاں عروج پر آئیں۔ عقد کے وقت کے گہنے پاتے، کپڑا سب بیکار قرار دیا گیا کہ نئے سرے سے مہر آراؤ دلہن بنانا تھا۔ اسی لیے نئے سرے سے سب جوڑ جہاز شروع ہوا۔

کہنے والے کہتے ہیں کہ حیدرآباد کی تاریخ میں ایسی گہما گہمی، ایسا ہنگامہ ایسا رکھ رکھاؤ الیسا جھمکا کسی جنگ کے یہاں شادی میں دیکھنے میں نہ آیا۔ دلہن والوں کی حویلی جو اتنی بڑی تھی کہ کوئی دیکھے کہ اٹھتا تو حویلی کے اندر ہی صبح سے دوپہر دوپہر ڈھل جاتی۔ جگر جگر کر رہی تھی۔ ہر کرہ جہیز سے اٹا پڑا تھا۔ اس کرے میں صرف کپڑے، اس میں زیور، اس میں برتن اس میں نوادرات، اس میں ایک اس میں دمک۔ پھر یہ تماشہ ایک کرے میں صرف دوپٹے ہی دوپٹے — کھڑے، آڑے، گوٹ لگے، کناری لگے، کرن، ہانکڑی ٹنکے۔ دوسرے میں کرتے

جھپا جھپ، کامدانی، کار گے، گلبدن، آب رواں، جاپانی ریشم، مسالے، چمکی، سلمہ، ستاروں کے کام شلے، اسی طرح ہر مہر کرے میں الگ الگ سجاوٹ تھی عقد تو ہوا ہوایا تھا ہی ۔ صرف یہ تھا کہ دلہن کو سجا سنوار کر مع جہیز کے سسرال ودائع کرنا تھا ۔

ان تین مہینوں میں مہر آرا کچھ سے کچھ ہو گئی تھی ۔ اول اول ماں بننے کا تمام حسن اس پر داری لگا دیا تھا ۔ حال میں وہ دل فریب اور مستی آ گئی تھی جو خدا نے صرف ماں بننے والی عورت ہی کے لئے رکھ دی ہے۔

دلہن بنی ہوئی مہر آرا کو دیکھنے کی خاطر سارے حیدرآباد کی بیگمات اُمڈی پڑ رہی تھیں۔ آہستہ آہستہ سارے سنگار ختم ہو گئے۔ اور خدا خدا کرکے وہ گھڑی آئی جب مہر آرا کو بیچ کے ہال میں جانا تھا۔ منلانی بی نے پیچھے سے جھوکا جھول پائنچے سنبھالے۔ کم خواب کا غرارہ تھا۔ اور گوٹے سے اتنا لدا پھندا تھا کہ کہ دلہن کو سنبھالنا بار تھا ۔ سہیلیوں نے تھام تھامے ۔ آہستہ آہستہ دلہن چلی —
— ایک قدم، دو قدم —

اُس دم دولہا والیوں میں سے کوئی بولی : " اینہ یہ دلہن کیسی چل رہی ہے، جیسے مہینے دو مہینے ہو کو گئے"

ایک کے منہ سے نکلی، دوسرے کے منہ چڑھی ۔ دوسری سے تیسری اور تیسری سے چوتھی ۔۔۔ اور پھر تو کھلبلی سی پڑ گئی ۔ آخر کوئی ڈھٹائی سے پکار کر بول ہی اٹھی ۔ " ایڑ ارے دلہن تو حمل سے ہے جی پاشا ۔"

یہ وقت تھا کہ مٹھائی سے دولہا میاں سہرا باندھے، بیٹھے، سسرکے شہزادے سے بنے ۔ زنانے میں لا کر زریں دیوان پر بٹھائے ہی گئے تھے اپنی

جاگ رہ بھی سٹھک سے گئے۔ دہن کی اماں نی کا کلیجہ پانی پانی ہوا جارہا تھا۔ حیدرآباد میں دو ایک ہی گھرانے اتنی اونچائی پر ہوں گے۔ اور ایسی بھد۔
"ابو مہر آرا ۔۔۔ یہ تو نے کیا کردیا گے ۔؟ یہ بدنامی کا ٹیکہ کہاں سے لائی گے۔ اب تیرے کو کون بیاہ کرنے جانے والا۔ یہ عمر بھر کو کیسا سنکٹا کری گے یہ بین ان کے دل سے پھوٹ رہے تھے۔ منہ یہ تالے پڑے ہوئے تھے۔ سکتے کا سا عالم طاری تھا۔
دولہن دائیوں میں سے کوئی کفن پھاڑ کر چیخی "کون چھنال بولی پاشاپیٹ لے ہیں۔۔۔ بولنے والے ہوں گی خود۔ یہاں کے یہاں ایسا سلوک کریں تو سسرال میں سے جا کے قوب خدمت کریں گے۔ یہ نوگاں۔ ایہہ سنو تو ذرا یو بیٹیں صاحب زادی ہم سے ہیں۔۔۔" اس کی چیخ و پکار کسی نے یہ کیا کہ دائی بوا کو سامنے لا کھڑا کیا! بیبی شادی مہمانی کے موقعوں پر یہ نوبت آہی ہے کہ ایک سرے سے پورا گھر ہی تحقیق میں اُمڈ پڑتا ہے۔ نوکر چاکر سے لے کر ماسیاں، سکھنیاں، دائیاں تک۔
دائی بوا تو ایسی تھیں کہ سانس سونگھ کر ہی بتا دیتیں کہ کتنے دنوں کا معاملہ ہے۔ یہاں تو پورے تین ماہ چڑھ چکے تھے۔ پہرے پر چاند چمک اٹھا تھا۔
انہوں نے اپنی بوڑھی آنکھوں سے دیکھا اور بڑی بے پروائی سے کہہ دیا
"ایو مبارک نباب ساب۔ چھ ماہ بعد سونے کے کڑے بنوں گی، اور ہاتھاں بھر بھر چاندی کے چوڑیاں۔"
یہ ایسی بات تھی جیسے اماں نی کے حواس وٹ لئے۔ پورے شہر کے لوگوں کے سامنے کیسی تھڑی تھڑی ہو رہی تھی۔ مولابس چلتا تو اس پیٹ کی بوئی اولاد کو کچا چبا ڈ نہ کھا جاتیں۔ جس نے آج ناکیوں کا ٹہ ٹکر کر کھ دی تھی!

شیرینی کی سی گرج کے ساتھ وہ بولیں اور ایک جھٹکے سے مہرآرا کا گھونگھٹ نوچ کر دور پھینک کر بولیں: "کس کا اٹھا کر لائی ہے بیج! بول نکمی!"

مہرآرا نے زریں دیوان پر بیٹھے بصالت جنگ کی طرف بڑی آس بھری نظر دل سے دیکھا، اس کے تپتے ذہن پر یا دوں کی حسین پھوار برسی ــ "ہم تو مرد ہیں مرد ــ" یہ مرد اگر اپنی زبان کھولے اور سب کے سامنے کہہ دے "یہ پھل میرا ہے۔" تو وہ کس قدر سرخ رو ہو جائے کتنی اونچی ہو جائے ـ

لیکن ان معصوم نگاہوں کی تاب نہ لا کر، بصالت جنگ نے سر جھکا لیا ـ اتنے سارے لوگوں کے سامنے ان کی ہمت جواب دے گئی ـ وہ کیسے بدنامی کا اتنا بڑا بوجھ اٹھا لیتے ـ؟

عین اسی وقت بیگم کرجبرتی ہوئی کرمین آئی اور چھوٹی سانسوں کے درمیان بولی: "مجھے کو سب معلوم ہے۔ میری پاشا بہت بھولی ہیں۔ یہ سارے کرتوت ان کے ہیں جو سہرا باندھنے کو بھول سمجھنے کو بیٹھیں۔"

لیکن مہرآرا نے ایک دم کرمین کو اپنی طرف گھسیٹ لیا۔ اور بے حد حقارت سے بصالت جنگ کی طرف اشارہ کر کے بولی "میرے بیٹے! میں اور اس کا بیاہ؟ اس نامرد کا؟ یہ تو ہیجڑا ہے ہیجڑا ــ"

بھری محفل میں پھس پڑ گئی اور بصالت جنگ کا جھکا ہوا سر زندگی بھر کے لئے جھک کر رہ گیا۔

ذرا ہور اُپر

نواب صاحب نوکر خانے سے جھومتے جھامتے نکلے تو اصلی چنبیلی کے تیل کی خوشبو سے ان کا سارا بدن مہکا جا رہا تھا۔

اپنے شاندار کمرے کی بے پناہ شان دار سہری پر آ کر وہ دھڑیسے گرے تو سارا کمرہ معطر ہو گیا ۔۔۔۔۔۔ باتھا دلہن نے ناک اٹھا کر فضا میں کچھ سونگھتے ہی خطرہ محسوس کیا۔ اگلے ہی لمحے وہ نواب صاحب کے پاس پہنچ چکی تھیں ۔۔۔۔۔ سراپا انگارہ بنی ہوئی۔

"سچی سچی بول دیو آپ کاں سے آ رئیں ۔ جھوٹ بولنے کی کوشش نہ کو کرو ۔"

نواب صاحب ایک شاندار سہنسی ہنسے ۔

"بنا جھوٹ بولنے کی ضرورت بھی کیا ہے ۔ جوتے سمجھے ودرے سے پیچھے ۔"

"مخمل بدن کے پاس سے آ رئیں نا آپ ؟"

" معلوم ہے تو پھر یہ چھپنا کاہے کو ؟ "

جیسے آگ کو کسی نے بار دو دکھا دی ہو ۔ پاشا دلہن نے دھنا دھن پہلے تو تکیہ کوٹ ڈالا ۔ پھر ایک ایک چیز اٹھا اٹھا کر کمرے میں پھینکنی شروع کر دی ساتھ ہی ساتھ ان کی زبان بھی چلتی جا رہی تھی ۔

" اجاڑ اُٹے لاپا جان ا و ا ما می جان کیسے مردوئے کے حوالے میرے کو دیئے غیرت شرم تو چھوکو بھی نئیں گئی ! دنیا کے مرفتے ادھر اُدھر تاک جھانک کرتے نہیں کیا ، بن اُنے تو میرے سامنے کے سامنے اور دھم مچائے رہیں ۔ ہورا جاگری تو دیکھو کتے مزے سے بولتیں ، معلوم ہے تو پھر یہ چھپنا کاہے کو ! میں بو لتیوں اجاڑ یہ آگ مری کسی کی بجھتی ارج نہیں ۔ کتی عورتاں اِ نے ایک مردوئے کو ہنڑ جی ۔۔۔ اب دو دو ساتھ ساتھ پھچ پھچک پھچ پھچک کر رونے بھی لگی تھیں ۔ " اجاڑ میرے کو رے زندگی بکر ۔ اپنا راج محل نج سنبھالو ۔ میرے کو آنج طلاق سے دیو ۔ میں ایسی کال کو نڑی میں نئیں رہنے والی ۔۔۔۔۔ "

مگر جب پیاسا مرد کی پیاس میں پانی چھوڑ شراب پی کر آیا ہو ۔ وہ بھلا کہیں اتنی دیر تک جاگتا ہے ؟ اور عورت کی گرمی ملے تو یوں بھی اچھا بھلا مرد بٹ کر کے سو جاتا ہے ۔۔۔۔ نواب صاحب بھی اس وقت اس تمام ہنگامے سے بے خبر گہری نیند سو چکے تھے ۔

کیسی زندگی پاشا دلہن گزار رہی تھیں ! بیاہ کر آئیں تو میں سے ادھر ہی بٹھیں ۔ اچھے بُرے کی اتنی بھی تمیز نہ تھی کہ میاں کے پیر دھسیں تو رات بے رات خود ہی دبا دیں ۔ جوانی کی نیندیں یوں بھی کیسی ہوتی ہے۔ ! کوئی گھر لوٹ کرے جائے اور آنکھ تک نہ پھڑکے ۔ جب بھی راتوں میں نواب صاحب

بے درد کی شکایت کی، انگوں نے ایک کروٹ لے کر اپنے ساتھ آئی باندیوں میں سے ایک آدھ کو میاں کی پائنتی بٹھا دیا اور اسے ہدایت کر دی "لے ذرا سرکار کے پاؤں دبا نے میرے کو تو نیند آ رہی۔"

صبح کو یہ خود بھی خوش باش اٹھتیں۔ اور نواب صاحب بھی۔ کبھی کبھار نواب صاحب لگارٹ سے شکایت بھی کرتے --- "بیگم آپ کبھی تو ہمارے پاؤں دبا دیو، آپ کے ہاتھوں میں جو لذت ہے گی وہ اِنے حرام زادیاں کاں سے لائیں گے۔

مگر یہ بلبلا جاتیں --- "ہو رے ایک لو ی بات سنو، میں بھلا پاواں دبانے کے لائق ہوں کیا۔ اس واسطے تو امنی جان یا ندیا کی ایک فوج میرے ساتھ کر کو دے کے بیٹی کو تکلیف نئیں ہونا بول کے۔"

اور نواب صاحب دل میں بولتے --- خدا کرستے ہو ز گہری نیند سو۔۔۔ تمہارے سوتے اپج ہمارے واسطے توبہت کے دروازے کھل جاتیں۔

مگر دھیرے دھیرے یا شاد بہن پر یہ بھیدیوں کھلا کہ نواب صاحب نئی نویلی دلہن سے یک سرے گا نہ ہوتے چلے گئے --- اب بیاہی بھری بٹیاں اتنا تو معلوم ہی تھا کہ جس طرح پیٹ کی ایک بھوک ہوتی ہے اور بھوک لگنے پر کھانا کھلایا جاتا ہے۔ اسی طرح جسم کی ایک بھوک ہوتی ہے اور اس بھوک کو بھی بہر طور مٹایا ہی جاتا ہے۔ پھر نواب صاحب ایسے کیسے مرد تھے کہ برابر میں خوشبو دڑوں میں بسی دلہن ہوتی اور وہ ہاتھ تک نہ لگاتے اور اب تو یہ بھی ہونے لگا تھا کہ رات بے رات کبھی ان کی آنکھ کھلتی تو دیکھتیں کہ نواب صاحب مسہری سے غائب ہیں۔

اب غائب ہیں تو کہاں ڈھونڈیں۔ حویلی بھی تو کوئی ایسی ویسی حویلی تھی۔ حیدرآباد دکن کے مشہور رئیس نواب ریاست یار جنگ کی حویلی تھی کہ پوری حویلی کا ایک ہی چکر لگانے میں تو موئی ٹانگیں ٹوٹ کے چوراہو جائیں۔ پھر رفتہ رفتہ آنکھیں کھلنی شروع ہو ئیں۔ کچھ ساتھ کی بیا ہی سہیلیوں کے تجربوں سے پتہ چلا کہ مرد پندرہ پندرہ میں بیس بیس دن ہفتہ ہفتہ تک نہ لگانے راتوں کو مسہری سے غائب ہو جائے تو در اصل معاملہ کیا ہوتا ہے سے۔ لیکن ایسی بات تھی کہ کسی سے کچھ پوچھتے بنتی نہ تلتے۔ مشہود رو بھی کرتی تو کس سے ١٩ اوہ کرتیں بھی تو کیا کہہ کر۔ کیا یہ کہہ کر میاں میاں عورتوں کے پھیر میں پڑ گیا ہے ذرا سے بچاؤں کیسے۔ ؟ اور صاف سیدھی بات تو یہ تھی کہ مردوہی بھٹکتے ہیں جن کی بیویاں یہ انگیں اپنے گھٹنے سے باندھ کر رکھنے کا سلیقہ نہیں ہوتا۔ وہ بھی تو آخر مردہی ہوتے ہیں جو اپنی ادھیڑ عمر کی بیویوں سے گوند کی طرح چپکے رہتے ہیں۔ غرض ہر طرف سے اپنی ہاری اپنی مالکی تھی۔ لیکن کر بھی کیا سکتی تھیں خود میاں سے بولنے کی تو کبھی ہمت ہی نہ پڑی۔ مرد جب تک چوری چھپے منہ کالا کرتا ہے۔ ذرا سہما بھی رہتا ہے ۔ اور جہاں بات کھل گئی وہیں اس کا منہ بھی کھل گیا۔ پھر تو ڈنکے کی چوٹ کچھ کرتے نہیں ڈرتا۔ لیکن ضبط کی بھی ایک ایک حد ہوتی ہے۔ ایک دن آدھی رات کو یہ تاک میں بیٹھی نہ ئیں۔ آخر شادی کے اتنے سال گزر گئی نہیں۔ ۰ ۲ تین پھول کی ماں بنیں بن چکی تھیں۔ اتنا تق تق رکھتی ہی تھیں ۔ اور عقل بھی کہ آدھی رات کو جب زیر نے یہ آنے اور یوں آٹھے چہرے پہ یہاں دہاں کا لاک ہو تو وہ سوا پرانی عورت کے کاجل کے اور کا ہے کا کا لاک ہو سکتی ہے ۔ کیونکہ بہر حال دنیا میں! اب تک یہ تو نہیں ہوا۔ جیسا کسی کے گناہ ہوں سے مو نہہ کا لا ہو جائے ۔

ہم بیسیوں نواب داراب کرے میں داخل ہوئے کہ جیل کی طرح بھٹیں اور

ان کے چہرے کے سامنے انگلیاں نچا کر بولیں "یہ کا لک کاں سے مغرب کو لائے؟ اور نواب صاحب بھی آخر نواب ہی تھے، کسی حرام کا نخم تو تھے نہیں اپنے ہی باپ کی عقد خوانی کے بعد والی حلال کی اولاد تھے۔ ڈرنا ان کا جمنا۔ بڑے رسان سے بولے " یہ مہرو کمبخت بہت کاجل چمڑتی اپنی آنکھوں میں۔۔ لگ گیا ہو بیٹا گا ، اسی کا " ایسے تیتے تو پاشاد لہن الٹی لیتیں مگر سن کر دہ میں ڈھیر ہو گئیں ۔ اگر مرد ذرا بھی آنا کانی کرے تو عورت کو کھلا بیاں پیٹنے کا موقع مل جاتا ہے ۔ لیکن یہاں تو صحان سیدھی طرح انھوں نے گویا اعلان کر دیا کہ ہاں ، ہاں ، میں نے بجا ڑ جھو نکا۔ اب بولو!

پاشاد لہن کچھ بول ہی نہ سکیں۔ بولنے کو تھا بھی کیا؛ جو چکی ہو بیٹ تو بس چپ ہی لگ گئی ۔ اب محل کے سارے ہنگامے ، ساری چہل پہل، ساری معصوم دھام ان کے لئے بے معنی تھی ۔ درنہ ذی پاشاد لہن یقین کر ہر کام میں انگسی پڑتی تھیں پہلے تو دل میں آیا کہ جتنی بھی یہ جوان جوان حرام خور نیاں ہیں انھیں سب کا ایک سرے سے برطرف کر دیں، لیکن رعایت سے ساتنی بڑی بغاوت کر بھی کیسے سکتی تھیں ۔ پھر اپنے مقابل کی حیثیت والیوں میں یہ مشہور ہو جاتا کہ اللہ مارے کیسے لنا ہاں ہیں کہ کام کاج کو چھوکریاں تک نہیں رکھتے! اب س ہر طرف سے ہار ہی ہار تھی ۔ دل پر دکھ کی مار پڑی تو جیسے ڈھیر ہی ہو گئیں ۔ نئی نئی بیماریاں بھی اسرا ٹھانے لگیں ۔۔۔ کمر میں درد سر میں درد ، پیروں میں درد ، ایک منٹن بھی کے جان ہے لئے ڈانتی ۔ حکیم صاحب بلائے گئے ۔ اس زمانے کے حیدر آباد میں بجال تھی کہ حکیم صاحب محل والوں کی جھپک تک دیکھ سکیں ۔ نبس پردے کے پیچھے سے ہاتھ دکھا دیا جاتا ۔ پھر سا نیتے بیں۔ایک للی ہوتیں جو حکیمن اماں کہلاتی تھیں ۔ وہ سوار ے حمامے کر تیں اور لوا ذرا تجویزیں

ہوتی ۔ لیں حکیم صاحب نبض دیکھنے کے گناہ گار ہوتے ۔

پاشاد دلہن کی کیفیت سن کر حکیم صاحب کچھ دیر کے لئے خاموش ہوگئے انہوں نے بظاہر غیر متعلق سی باتیں پوچھیں جب کا درحقیقت اس بیماری سے بڑا گہرا تعلق تھا ۔

"نواب صاحب کہاں سوتے ہیں ؟"

حکیمن اماں نے پاشاد دلہن سے پوچھ کر بات آگے بڑھائی ۔ "جی انہوں تو مردانے میں ہی سوتے ہیں ۔

اب حکیم صاحب بالکل خاموش رہ گئے ۔ سوتے ادب ! کچھ کہتے تو مشکل نہ کہتے تو مشکل ۔ بہر حال ایک بتیل مالش کے لئے دے گئے ۔

پاشاد دلہن کو ان کمبخت بندروں سے نفرت ہو گئی تھی ۔ بس نہ جلیں کہ سنتے آتیں اور یہ کچا چبا جاتیں ۔ بندیوں میں سے کسی کو انہوں نے اپنے کام کے لئے نہ چنا ۔ حویلی کا ہی پالا ہوا ایک چھوٹا سا چھوکرا تھا انہوں نے طے کر لیا کہ مالش اسی سے کرائیں گی ، چودہ پندرہ برس کے چھوکرے سے کیا شرم ؟

اسی بیچ میں دو تین بار نواب صاحب اور دلہن پاشا کی خوب زور دار لڑائی ہوئی ، تکرار ہے کہ جو نسبت طلاق تک نہ پہنچی ۔ اب تو نواب صاحب کھلم کھلا کہتے تھے ۔ "ہاں میں آج اس کے ساتھ رات گزارا ۔ اس کے ساتھ مستی کیا ۔ تم نا کچھ بول لیں ہے ۔ ؟"

پاشاد دلہن بھی جی کھول کر کوستیں کا متیں ۔ ایک دن سُنبے الفاظ میں جب انہوں نے اپنی بھڑک "کا ذکر کیا تو نواب صاحب نے حیرت سے بھیں دیکھ کر بولے "بیچو اللہ میاں کو معلوم تھا کہ مرد کو کچھ زیادہ ہونا پڑتا ہے اس واسطے اج اللہ میاں نے ۔۔۔"

چار، چار شادیوں کی اجازت دیا۔ ایسا ہوتا تو عورتاں کے کیوں نہیں ہے دیتا تھا؟
یہ ایک ایسا نکتہ نواب صاحب نے چھیڑا کہ پا شا دہن تو بالکل ہی لا جواب ہو کر رہ گئیں
اور یوں رہی سہی جو بھی پردہ داری تھی بالکل ہی ختم ہو کر رہ گئی ۔ اس صبح ہی کی بات
تھی کہ انہوں نے سر میں تیل ڈالنے کو چنبیلی کے تیل کی شیشی اٹھائی اور وہ کمبخت ہاتھ
سے ایسی چھوٹی کہ زندی سی بہہ اٹھی ۔ گھبرا کر انہوں نے پاس کھڑی گل بدن کو پکارا ۔
"بے بیکار رہ رہی کو جا تو اچ اپنے سر میں چپڑ لے "۔
اور رات کو دہ ساری خوشبو نواب صاحب کے بدن میں منتقل ہو گئی جس کے
بارے میں اعلان کرتے ہوئے انہیں ذرا سی جھجک یا شرم محسوس نہیں ہوئی ۔
پتہ نہیں یہ کون لوگ ہیں جو کہتے ہیں کہ عورت بے بس اور گھسی ۔ عورت تو جس
کی ہو کر کچھ اور ہی چیز ہو جاتی ہے ۔ ان دنوں کوئی پا شا دہن کا روپ دیکھتا ۔
چڑھتے چاند کی سی جوانی ۔ پور پور چٹکیاں بھرتا ۔ برسات کی راتوں میں ان کے جسم
میں وہ تنا ؤ پیدا ہو جاتا جو کسی استاد کے کسے ہوئے ستار میں کیا ہو گا ۔ اتنا سا چھوکرا
کیا اور اس کی لے بساط کیا ۔ سر اور کمر سے نیٹ کر دہ پیروں کے پاس آ کر بیٹھتا
تو اس کے ہاتھ دکھ دکھ جاتے ، پنڈلیوں کو جتنی زور سے دباتا ، وہ یہی کہے جاتیں ۔
"کتے ! ابھی ہلو دباتا ہے تو ۔۔۔ ذرا تو طاقت لگا ۔ "
چودہ پندرہ سال کا چھوکرا ، ڈر ڈر کے سہم سہم کر دبانے جاتا کہ کبھی زور سے
دبا دینے پر پا شا ڈانٹ نہ دیں۔ اتنی بڑی حویلی کی مالک جو تھیں ۔
حویلی میں ان دنوں خواتین میں کئی دار گر توں پر چوڑی دار پاجامے پہننے کا رواج
تھا۔ لڑکیاں بالیاں بھی غرارے بھی پہن لیتیں ۔۔۔ اور بڑے بڑے شہنگا موں کے بعد ابا ساڑی
کا بھی نزول ہوا تھا۔ مگر بہت ہی کم پیمانے پر ۔

چوڑی دار پاجامے میں پنڈلیاں صرف دبائی جاتی تھیں، تیل مالش کیا خاک ہوتی۔ پاشا دلہن نے ماما کو بلوا کر اپنے پاس کھڑا کیا۔ یہ حویلی کے کسی بھی نوکر کے لئے بڑے اعزاز کی بات تھی۔ پھر پاشا بولیں:۔

"دیکھو یہ اپنے چھوکرا رحمت ہے نا؟ اس کو کھانے پینے کو اچھا اچھا دیو۔ ناشتے میں اصلی گھی کے پراٹھے بھی دیو۔ اسے میرے پیروں کی مالش کرتا۔ مگر ذرا بھی اس میں طاقت نہیں۔ اب میں تھکا کو دی۔"

پھر خود ان سخنوں نے غرارہ پہننا شروع کر دیا۔ تاکہ پنڈلیوں کی اچھی طرح مالش ہو سکے اور انہیں درد سے نجات ملے۔

اب جب دو پہر کو مالش شروع ہوتی تو ایک ہی مکالمے کی گردان رحمت کے کانوں سے ٹکراتی۔

"ذرا ہور ادھر!"

وہ سہم سہم کر مالش کرتا۔ ڈر ڈر کر پاشا کا منہ تکتا۔ نیل میں انگلیاں پھیر کر وہ غرارہ ڈرتے ڈرتے ذرا اوپر کھسکاتا تاکہ کہیں مشجر، اطلس، یا کمخواب کے غرارے کو تیل کے دھبے بدنما نہ بنا دیں۔ چم چماتی پنڈلیاں تیل کی مالش سے آئینہ بنتی جا رہی تھیں۔ رحمت غور سے دیکھتے دیکھتے گھبرا گھبرا اٹھتا کہ کہیں ان میں اس کا چہرہ نہ دکھائی دے جائے۔

ایک رات دلہن پاشا کے پیروں میں کچھ زیادہ ہی درد اور اینٹھن تھی۔ رحمت مالش کرنے بیٹھا تو سہمتے سہمتے اس نے پنڈلیوں تک غرارہ کھسکایا۔

"ذرا ہور اوپر۔" دلہن پاشا کسمسا کر بولیں۔ "آج اُجاڑا! تا درد ہور یا کے میرے کو بخار جیسا لگ رہا۔ گھٹنوں تک مالش کر ذرا۔ تو تو خالی بس پنڈلیاں اپچ دبا ریا۔"

رحمت نے بخار کی سی کیفیت اپنے اندر محسوس کی۔ اس نے لرزتے ہاتھوں سے غرارہ اور اُوپر کھسکایا اور ایک دم ناریل کی طرح چکنے چکنے اور سفید مدور گھٹنے دیکھ کر بوکھلا سا گیا۔ ترتراتے گھی کے پراٹھوں، دن رات کے مہوؤں اور مرغن کھانوں نے اسے وقت سے ذرا پہلے اس مقام پر لا کھڑا کیا تھا، جہاں بیند کے بجائے جاگتے ہیں ایسے ویسے خواب دکھائی دینے لگتے ہیں۔ اس نے ہڑبڑا کر غرارہ ٹخنوں تک کھینچ دیا۔ تو ڈھگستی ہوئی پاشاہ دلہن بن گئیں۔

"ہو رے، میں کیا بول رئی، ہم رو تو کیا کر ریا ہے؟" انہوں نے ذرا سا سر اٹھا کر غفلتے سے کہا۔ وہاں ان کے سرہانے سنسنا تا ہوا، جوان ہوتا ہوا۔ وہ چھوکرا بیٹھا تھا جسے انہوں نے اس لئے چنا تھا کہ انہیں چھوکریوں سے از حد نفرت ہوگئی تھی کہ کم بختیاں ان کے میاں کو چہبا چہبا لیتی تھیں۔

انہوں نے غور سے اسے دیکھا۔ اس نے بھی ڈرتے ڈرتے سہی، مگر ذرا غور سے انھیں دیکھا اور اک دم سر جھک لیا۔

ٹھیک اسی وقت نواب صاحب کمرے میں داخل ہو گئے۔ جلنے کو دن سا نشہ چڑھا کر آنے تھے کہ جھولے ہی جا رہے تھے۔ آنکھیں چڑھی پڑ رہی تھیں، مگر اتنے نشے میں بھی بیگم کے قدموں میں بیٹھا دیکھ کر چونک اٹھے۔

"یہ! لے حرام زادہ مسٹنڈا! یہاں کیا کرنے کو آیا بول کے؟"

رحمت تو نواب صاحب کو دیکھتے ہی دم دبا کر بھاگ گیا۔ مگر پاشاہ دلہن بڑی رعونت سے بولیں "آپ کو میرے بیچ میں بولنے کا کیا حق ہے۔؟"

"حق؟" وہ گھور کر بولے "تمہارا دھگڑا ہوں، کوئی پالکڑا نہیں سمجھ! ابھی حق کی بات، سو یہ حق اللہ اور اس کا رسول دیا۔ کون تھا وہ مردود؟"

آپ اتنے سالوں ہو گئے، آپ کو ایک چھوکری سے پاؤں دبالے رہیں، ہور اللہ معلوم ہور کیا کیا تماشے کرنے رہیں، دہ سو سب کچھ نئیں، ہور میں کبھی کبھی دکھ میں بیماری میں مالش کرلانے ایک آدھ چھور کرے کو جھٹالی تو اتنے حسابوں کا ہے کو؟

"اس واسطے کی مرد بولے تو دالان میں بچھا خالین ہوتا کہ کتنے بھی پاؤں اس پہ پڑے تو کچھ فرق نئیں پڑتا۔ ہور عورت بولے تو عزت کی سفید چادر ہو نی کہ ذرا بھی دھبا پڑا تو سب کی نظر پڑھ جاتی۔"

دلہن پاشا بلبلا کر بولیں" اے اماں، بڑی تمہاری عزت جی۔ ہور تمہاری بڑی شان! اپنے دامن میں اتنے داغاں رکھ کر دوسرے کو کیا نام رکھتے ہی تھے! ہور کچھ نہیں کچھ نہیں تو اتنے سے پوتے کے اُپر اتنا واویلا کر لیتے بیٹھیں۔"

اک دم نواب صاحب چلائے، اتنا وہ پوٹا اتنا اتنا سا دکھتا؟ ارے آج اس کی شادی کرو نو مہینے میں باپ بن کر دکھا دیں گا۔ میں جتا یا آج ہے اسکا پاؤں نئیں دکھنا تمہارے کمرے میں۔

پاشا دلہن تن کر بولیں" ہور دکھا تو؟"

"دکھا تو طلاق" وہ آخری فیصلہ سناتے ہوئے بولے۔

"ابھی کھڑے کھڑے دے دیو۔" پاشا دلہن اسی تیبے سے بولیں۔

ایک دم نواب صاحب سٹ پٹا کر رہ گئے۔ بارہ تیرہ سال میں کتنی بار تو تو میں میں ہوئی۔ کتنے رگڑے جھگڑے ہوئے ۔۔۔ باعزت، باوقار، ذو خاندانوں کے معزز میاں بیوی، جو پہلے ایک دوسرے کو "آپ، آپ"، کہتے دہلکتے کتھے، اب تم تمارا تک آ گئے تھے۔ مگر یہ نوبت تو کبھی نہ آئی تھی۔ خود پاشا دلہن نے ہی کئی ہی ۔ یہ بیت کش کی کہ ایسی زندگی سے تو اُجا ڑ میرے کو طلاق ہی دے دو۔ لیکن

کبھی نہ ہوا تھا کہ خود نواب صاحب نے یہ فال بد منہ سے نکالی ہو ۔۔۔ اور اب منہ سے نکالی بھی تو یہ کہاں سوچا تھا کہ وہ کہیں گی کہ ہاں ابھی کھڑے کھڑے دیو!!"

مگر پاشاد دہن کی بات پوری نہیں ہو ئی تھی ۔ ایک ایک لفظ پہ زور دیتے ہوئے وہ تمتماتے چہرے کے ساتھ بولیں ۔" ہور طلاخ لئے بغد سارے حیدرآباد کو سناتی پھردوں گی کہ تے عورت کے لائق مرد نئیں تھے ۔ یہ نچے تمہارے نئیں ۔۔۔ اب چھوڑو میرے کو!   سور دیو میرے کو طلاخ!"

یہ عورت چاہتی کیا ہے آخر ۔۔؟ نواب صاحب نے سر پکڑ لیا! انہوں نے ذرا شک بھری نظروں سے بی بی کو دیکھا ۔ کہیں دماغی حالت مشتبہ تو نہیں وہ سنا رہی تھیں ۔

"اس حویلی میں دکھ اٹھائی ناہیں ۔۔۔ تمہارے ہوتے اب سکھ بھی اٹھاؤں گی ۔۔۔ تمہارے اچ ہوتے سن بیر ۔"

دوسری رات پاشا دہن نے سرمراتی ریشمی ساڑی اور لہنگا پہنا ۔ خود بھی تو رشتم کی بنی ہوئی تھیں ۔ اپنے آپ میں پھسلی پڑ رہی تھیں ، پھر جب رحمت ماشی کرنے بیٹھا تو بس بیٹھا ہی رہ گیا ۔

"دیکھتا کیا ہے رے ؟ ہاتھوں میں قم سنیئں کیا ؟"

اس نے سرمراتا لہنگا ڈرتے ڈرتے ذرا اوپر کیا ۔

"اس کو مالش بولنے کیا رے نیچے!" ان کی ڈانٹ میں لگاوٹ بھی تھی ۔

رحمت نے سرخ ہوتے کانوں سے پھر اور سنا ۔ ذرا ہور اُپّر ۔

" ذرا ہور اُپّر ۔"

گہرے اودے رنگ کا لہنگا اور گہرے رنگ کی ساڑی ذرا اوپر ہو گئی اور جیسے بادلوں میں بجلیاں کوندیں ۔

"ذرا ہور اُپر ۔"

"ذرا ہور اُپر ۔"

"ذرا ہور اُپر ۔"

"ذرا ہور اُپر ۔"

تلملا کر صندل کے تیل سے بھری کٹوری اُٹھا کر رحمت نے دور پھینک دی اور اس بلندی پر پہنچ گیا ۔ جہاں تک ایک مرد پہنچ سکتا ہے ۔ اور جب کے بعد ذرا ہور اوپر کہنے سننے کی ضرورت ہی باقی نہیں رہتی ۔

دوسرے دن پاشاہ دُلہن پھول کی طرح کھلی ہوئی تھیں ۔ صندل ان کی من پسند خوشبو تھی ۔ صندل کی مہک سے ان کا جسم لدا ہوا تھا ۔ نواب صاحب نے رحمت سے پانی مانگا تو وہ بڑے ادب سے چاندی کی طشتری میں چاندی کا گلاس رکھ کر لایا ۔ جھک کر پانی پیش کیا تو انھیں ایسا لگا کہ : صندل کی خوشبو میں ڈوبے جا رہے ہیں ۔ گلاس اُٹھاتے اُٹھاتے انھوں نے مڑ کر بیگم کو دیکھا ۔ جو ریشمی گدگدے بستر میں اپنے بالوں کا سیاہ آبشار پھیلائے کھلی جا رہی تھیں ۔ ایک فاتح مسکراہٹ ان کے چہرے پر تھی ۔

وہ انھیں سنسناتے کو رحمت کی طرف دیکھتے ہوئے زور سے بولے "کل تیرے کو گاؤں جانے کا ہے ۔ وہاں پر ایک منشی کی ضرورت ہے بے بول کے ۔"

رحمت نے سر جھکا کر کہا ۔ "جو حکم سرکار ۔"

نواب صاحب نے پاشاہ دُلہن کی طرف مسکرا کر دیکھا ۔ ایک فاتح کی

مسکراہٹ ۔

دو گھنٹے بعد پاشا دلہن اپنی شان دار حویلی کے بے پناہ شان دار بابرچی خانے میں کھڑی ماما کو ہدایت دے رہی تھیں ۔

"دیکھو ماما بی ، اسنے یہ اپنی زبیدہ کا جھوکرا ہے ناشرفو — اس کو ذرا اچھا کھانا دیا کرنا ۔ آج سے یہ میرے پاوں دبایا کریں گا ۔ مالش کرنے کو ذرا ہاتھا پاداں میں دم ہونے کو ہو نا نا ؟"

"بروبر بولتے بی پاشا آپ ؛" ماما بی نے اصلی گھی ٹپکتا انڈوں کا حلوا شرفو کے سامنے رکھتے ہوئے پاشا دلہن کے حکم کی تعمیل اسی گھڑی سے شروع کردی ۔

―――

اُترن

"نکو اللہ، میرے کو بہوت شرم لگتی۔"
"ارے اس میں شرم کی کیا بات ہے؟ میں نیئں اُتاری کیا اپنے کپڑے؟"
"اول ۔۔۔" چُگی شرمائی
"اب اُتارتی کی بولوں اتنا بی کر؟" شہزادی پاشا جن کی رگ رگ میں حکم چلانے کی عادت رچی ہوئی تھی ۔ چلا کر بولیں۔
چُگی نے کچھ ڈستے ڈرتے، کچھ شرملتے شرماتے اپنے چھوٹے چھوٹے ہاتھوں سے پہلے تو اپنا کرتا اُتارا، پھر پاجامہ ۔ پھر شہزادی پاشا کے حکم پر جھاگوں بھرے ٹب میں ان کے ساتھ کود پڑی۔

دونوں نہنا چکیں، تو شہزادی پاشا ایسی محبت سے جس میں غرور ارادہ مالکن پن کی گہری چھاپ تھی، مسکرا کر بولیں" ہو رے یہ تو بتا کی اب تو کپڑے کون سے

"پین ریئ؟"

"کپڑے۔؟" چکی بے حد متانت سے بولی۔ "یہی اج میرا نیلا کرتا پاجامہ۔"

"یہی اج؟" شہزادی پاشا حیرت سے چلا کر ناک سکوڑتے ہوئے بولیں۔ "اتنے گندے، بد بو دار کپڑے؟ پھر پانی نہانے کا فائدہ؟" چکی نے جواب دینے کی بجائے الٹا ایک سوال جڑ دیا۔ "ہور آپ کیا پین رئے پاشا؟"

"میں؟ شہزادی پاشا بڑے اطمینان اور فخر سے بولیں" وہ میری بسم اللہ کے دخت چمک جمک کا جوڑا دادی ماں نے بنائے تھے، وہی اج۔ مگر تو نے کاٹے کو پوچھی؟"

چکی ایک دم سوچ میں پڑ گئی، پھر سہس کر بولی "میں سوچ رئی تھی۔۔۔۔۔" وہ کہتے کہتے رک گئی۔

"کیا سوچ رئی تھی؟" شہزادی پاشا نے بے حد تجسس سے پوچھا ایک دم ادھر سے اَنّا بی کی تیز چنگھاڑ سنائی دی۔

"ہر پاشا، یہ میرے کم حمام میں سے بھگائے کو کم اس اجاڑ مارچ ٹی کے ساتھ کیا مٹاسخے مار لیتے بیٹھیں؟ جلدی نکلو، بنیں ترپی پاشا کو جا کر بلیتیوں" اپنی سوچی ہوئی بات چکی نے جلدی سے کہہ سنائی "پاشاں سوچ رئی تھی کہ بھی آپ مور میں "اور ڈھنی بدل، بہناں بن گئے تو آپ کے کپڑے بھی پین لے سکتی نا؟"

"میرے کپڑے؟ تیرا مطلب ہے کہ وہ سارے کپڑے جو میرے سے

"صندوقاں بھر بھر کو رکھے پڑے ہیں؟"
جواب میں جیکی نے ذرا ڈر کر سر ہلایا۔
شہزادی پاشا ہنستے ہنستے دہری ہو گئی ۔۔۔۔ "ایو کتنی بے خوف چھوکری ہے! اگے تو تو نوکرانی ہے ۔ تو تو میری اُترن پہنتی ہے، ہور عمر بھر اُترن ہی پہنے گی۔" پھر شہزادی پاشا نے بے حد محبت سے جس میں غرور اور فخر زیادہ اور خلوص کم تھا، اپنا ابھی ابھی کا ، نہانے کے لئے اتارا ہوا جوڑا اُٹھ کے جیکی کی طرف اچھال دیا۔

"یہ لے اُترن پہن لے۔ میرے پاس تو بہت کپڑے ہیں۔"
جیکی کو غصہ آ گیا "میں کاہے پہنوں، آپ پہنو نا میرا یہ جوڑا۔" اس نے اپنے میلے جوڑے کی طرف اشارہ کیا۔

شہزادی پاشا غصے سے بپھر گئی، "اناں بی! اناں بی۔۔۔!"
اناں بی نے زور سے دروازے کو دھڑ دھڑایا اور دروازہ جو صرف ہلکا سا بھڑا ہوا تھا، پٹاخ پاٹ کھل گیا۔

"اچھا تو آپ صاحبان ابھی تک ننگے اج کھڑے وے ہیں!" اناں بی ناک پر انگلی رکھ کر بناوٹی غصے سے بولیں۔

شہزادی پاشا نے جھٹ اسٹینڈ پر ٹنگا ہوا نرم گلابی تولیہ اُٹھا کر اپنے جسم کے گرد لپیٹ لیا۔ جیکی یوں ہی کھڑی رہی۔
اناں بی نے اپنی میٹھی طرف ذرا غور سے دیکھا ۔ "ہو تو پاشا لوگاں کے حمام میں کاٹے کہ پانی نہائے کو آن مری؟"

"ہاں نی شہزادی پاشا نے بلانے بولے کی تو بھی میرے ساتھ پانی نہا۔"

اتا بی نے ڈرتے ڈرتے ادھر ادھر دیکھا کہ کوئی دیکھ نہ رہا ہو۔ پھر جلدی سے اسے حمام سے باہر کھینچ کر بولیں" چل ،جلدی سے جا کر نذر خالہ بیں ۔ نہیں تو سردی درد ی لگ گئی تو مرے گی ۔"
"اب یہ حجٹ گوند کپڑے سکو بین ، وہ لال بٹی میں شہزادی پاشا برسوں اپنا کرتا، پاجامہ سئے تھے، وہ جا کو بین لے ۔"
رہیں ننگی کھڑی وہ سات برس کی ننھی سی جان بڑی گہری سچ کے ساتھ رک رک بولی، اپنی جب میں ہورہ شہزادی پاشا ایک برابر کے ہیں توا میری اترن کیوں نیئں پہنتے ۔ ؟
" پھیبر درا ، میں مما کو جا کے بولیتوں کی چکی میرے کو ایسا بولی...؟ لیکن اتا بی نے ڈرکر اسے گود میں اٹھا لیا نہیں گے اپاشا اپنے تو چھنال گگل ہو لی ہو گئی ہے ۔ ایسے دیوانی کے باتاں کاٹے کو اپنے ممّا سے بولتے آپ ؟اس کے سنگات کھیلنا ، نہ بات کرنا، چپ اس کے نام یوہ جی مار دیو آپ"
شہزادی پاشا کو کپڑے پہنا کر ، کنگھی چوٹی کر کے کھانا، ونا کھلا کر جب سارے کا موں سے نجات ہو کر اتا بی اپنے کمرے میں پہنچیں تو دیکھا کہ چپکی ابھی تک ننگا جھاڑ بنی کھڑی ہے۔ آو دیکھا نہ تاؤ آتے ہی اٹھوں نے اپنی بیٹی کو دھنکنا شروع کر دیا
"جس کا کھاتی اُسی سے لڑائیاں مول لیتی ۔۔۔ چنچال گھوڑی! ابھی کبھی بڑے سرکار نکال باہر کر دیتے تو کدھر جائیں گے اِتے نخرے ؟"
اتا بی کے حسابوں تو یہ بڑی خوش نصیبی تھی کہ وہ شہزادی پاشا کو دودھ پلانے کے داستے رکھی گئی تھیں، ان کے کھانے پہنے کا معیار تو لازماً وہی تا

جو بیگمات کا نتھا کہ بھئی آخر وہ نواب صاحب کی اکلوتی بچی کو اپنا دودھ پلاتی بھٹیں
کپڑا اتنا بھی بے حساب نتھا کہ دودھ پلانے والی کے لئے صاف ستھرا رہنا
لازمی تھا اور سب سے زیادہ مرنے تو یہ تھے کہ ان کی اپنی بچی کو شہزادی پاشا
کی بے حساب اترن ملتی تھی ۔ کپڑے سلتے ملنا تو ایک طے شدہ بات تھی. حد
یہ کہ اکثر چاندی کے زیور اور کھلونے تک بھی اترن میں دے دیے جاتے
تھے ۔ اد ہر وہ حرا فذ تھی کہ جب ذرا ہوش سنبھال رہی تھی یہی ضد کئے جاتی تھی
کہ میں بی پاشا کی اترن کیوں پہنوں؟ کبھی کبھار تو آئینہ دیکھ کر بڑی سوچ بوجھ
کے ساتھ کہتی ، امی میں تو بی پاشا سے بھی زیادہ خوبصورت ہوں نا؟ پھر تو
اڑوں میری اترن پہننا ۔ ؟"
اتا بی ہر گھڑی ذلتی بقتیں ۔ بڑے لوگ تو بڑے ہی ٹھرے ۔
اگر کسی نے سن گن پالی کہ موئی اتا نانا اصل کی بیٹی ایسے ایسے بول بولتی ہے تو
ناک چوٹی کاٹ کر نکال با ہر نہ کر دیں گے ۔ ویسے بھی دودھ پلانے کا زمانہ
تو مدت ہوئی بیت گیا تھا ۔ وہ تڈیلو ڑھی کی روایت کہئے کہ اتا لوگوں کی مرگ
بعد ہی چھٹی کی جاتی تھی ۔ لیکن قصور بھی معاف کئے جانے کے قابل ہو تو ہی معافی
ملتی ہے ۔ ایسا بھی کیا ؟ اتا بی نے بیچ کے کان موڑ کر اسے سمجھایا ۔
" آگے سے کچھ بولی تو با در کھ ۔۔۔ تیرے کو عمر بھر بی پاشا کی اترن پہننا
ہے. سمجھی کی نئیں، گدھے کی اولاد !"
گدھے کی اولاد دا نے اس وقت زبان سی لی لیکن ذہن میں لا دائتحیا
ہی رہا ۔
تیرہ برس کی ہو ئی تو شہزادی پاشا کی پہلی بار نماز قضا ہوئی ۔۔ آٹھویں

دن گل پوشی ہوئی تو ایسا زر تار، جھم جھماتا جوڑا ململے سلوایا کہ آنکھ پھٹیرتی نہ تھی جگہ جگہ سونے کے گھنگھروؤں کی جوڑیاں ٹنکوائیں کہ جب بی پاشا چلتیں تو چھنچھن باز یسیں سی بجتیں ۔ ڈیوڑھی کے دستور کے مطابق بنی وہ حد سے سوا قیمتی جوڑا بھی اُترن میں صدقے دیا گیا ۔ اتا بی خوشی خوشی وہ سوغات لے کر پہنچیں تو چمپی جو اپنی عمر سے کہیں زیادہ سمجھ دار اور حساس ہو چکی تھی، دکھ سے بولی " : امی مجبوری نہ لتے لینا ہو ربات ہے مگر آپ ایسے چیزاں کوے کو خوش مت : آگے اگے بٹیا ۔" وہ راز داری سے بولیں :" یہ جوڑا اگر بکانے کو بھی بیٹھے تو دو سو کلدار روپے تو کہیں نہیں گئے ۔ ان لوگاں نصیبے والے ہیں کہ ایسی ڈیوڑھی میں پڑے ۔

" امی " : چمپی نے بڑی حسرت سے کہا": میرا کیا جی لوٹا کی میں بھی کبھی بی پاشا کو اپنی اُترن دیوں ؟"

اتا بی نے سرپیٹ لیا ۔ اگے تو بھی اب جوان ہو گئی گے ذرا عقل پکڑ، ایسی ویسی باناں کوئی سن لیا تمیں کیا کر دل گی ماں ۔ ذرا میرے بڈھے چونٹے پو رحم کر ۔'

چمپی ماں کو روتا دیکھ خاموش ہو گئی ۔

مولوی صاحب نے دونوں کو ساتھ ہی ساتھ قران شریف اور اردو کا قاعدہ شرع کرایا تھا ۔ بی پاشا نے کم اور چمپی نے زیادہ تیزی دکھائی ۔ دو نذری جب پہلی بار قران شریف کا دور ختم کیا تو بڑی پاشانے اندازہ عنایت چمپی کو بھی ایک ہلکے کپڑے کا نیا جوڑا سلوا دیا تھا ۔ ہر عید کو لید میں اُتے

بی پاشا کا بھاری جوڑا بھی اترن میں مل گیا تھا لیکن اسے اپنا وہ جوڑا جان سے زیادہ عزیز تھا۔ اس جوڑے سے اسے کسی قسم کی ذلت محسوس نہیں ہوتی تھی۔ ہلکے زعفرانی رنگ کا سوتی جوڑا۔ جو کتنے ہی سارے جگمگاتے بس لس کرتے جوڑوں سے سوا تھا۔

اب جبکہ خیر سے شہزادی پاشا سرِ درد بھر پڑھ مکھ بھی چکی تھیں، جوان بھی ہو چکی تھیں، ان کا گھر بسانے کی فکریں کی جا رہی تھیں۔ ڈیوڑھی سنارو دنبیلوں، بیوپاریوں کا مسکن بن چکی تھی۔ جیکی پی سوچے جاتی کہ وہ تو شادی کے اتنے بڑے ننگاگے کے دن بھی اپنا وہی جوڑا پہنے گی جو کسی کی اترن نہیں تھا۔

بڑی پاشا، جو واقعی بڑی مہربان خاتون تھیں، ہمیشہ اپنے نوکروں کا اپنی اولاد ہی کی طرح خیال رکھتی تھیں۔ اس لئے شہزادی پاشا کے ساتھ وہ جیکی کی شادی کے لئے بھی اتنی ہی فکر مند تھیں۔ آخر نواب صاحب سے کہہ سن کر اٹھنوں نے ایک مناسب لڑکا جیکی کے لئے تلاش کر ہی لیا۔ سوچا کہ شہزادی پاشا کی شادی کے بعد اسی جھوڑ بھمکتے میں جیکی کا بھی عقد پڑھا دیا جائے۔

اس دن جب شہزادی پاشا کے عقد کو صرف ایک دن رہ گیا تھا اور ڈیوڑھی مہمانوں سے ٹھسا ٹھس کھچری پڑی تھی۔ اور لڑکیوں کا ماڈی ڈول ڈیوڑھی کو سر پہ اٹھائے ہوئے تھے۔ اپنی سہیلیوں کے جھرمٹ میں بیٹھی ہوئی شہزادی پاشا پیروں میں مہندی لگواتے ہوئے جیکی سے کہنے لگیں "تو سسرال جائے گی تو تیرے پیروں کو بھی مہندی لگا دوں گی۔"

"یہ خدا نہ کرے!" اناتی نے پیار سے کہا۔ "اس کے پانوں آپ کے دشمنان خبیثیں۔ آپ ایسا بولے سو بس ہے۔ بس اتنی دعا کر نیا پاشا کہ آپ کے دودھ لے

میاں ولیم شریف دولہا اس کا نکل جائے "
" مگر اس کی شادی کب ہو رہی جی ؟ "کوئی چلبلی لڑکی بوجھ بیٹھی ۔
شہزادی پاشا کا ۔ وہی بچپن والی نہ زور بھری ہنسی ہنس کر بولیں "میری اتنی ساری
اترن نکلے گی تو اس کا جہیز تیار سمجھ ۔۔۔"

اُترن ۔۔۔ اُترن ۔۔۔ اُترن ۔۔۔ کئی ہزار سوئیوں کی باریک باریک نوکیں
جیسے اس کے دل کو چھید گئیں ۔ وہ آنسو پیتے ہوئے اپنے کمرے میں آکر چپ
چاپ پڑ گئی ۔

سرِ شام ہی لڑکیوں نے بھر ڈھولک سنبھال لی ۔ ایک سے ایک دیہات
گانا گایا جا رہا تھا ۔ پچھلی رات رت جگا ہوا تھا ۔ آج بھر ہونے والا تھا ۔ بر لی
طرف صحن میں ڈھیروں چوہے لمبے چلانے ، باورچی لوگ انواع واقسام کے کھانے
تیار کرنے میں مشغول تھے ۔ ڈیوڑھی پر رات ہی سے دن کا گمان ہو رہا تھا ۔

چکی کا روتا ہوا حسن نارنجی جوڑے میں اور کھل اُٹھا ۔ یہ جوڑا وہ جوڑا تھا
جو اُسے احساس کمتری کے پاتال سے اُٹھا کر عرش کی بلندیوں پر بٹھا دیتا تھا
یہ جوڑا کسی کی اُترن نہیں تھا ۔ نئے کپڑوں سے سلا ہوا جوڑا ، جو اُسے زندگی
بھر میں ایک ہی بار نصیب ہوا تھا ۔ ورنہ ساری عمر تو شہزادی پاشا کی اُترن
پہنتے ہی گزری تھی ۔ اور اب چونکہ جہیز بھی تمام ترن کی اُترن ہی پر مشتمل تھا
اس لئے باقی کی ساری عمر بھی اسے اُترن ہی استعمال کرنی ہو گی ۔
" لیکن بی پاشا ۔ ایک سیّد زادی کہاں تک پہنچ سکتی ہے ۔ یتیم بھی
دیکھ لینا ۔ نے ایک سے ایک پرانی چیز مجھے استعمال کرنے کو دیتے نا ؟ اب

"تم دیکھنا....."

طبی سے کا تھال اٹھائے وہ دولہا والوں کی کوٹھی میں داخل ہوئی — ہر طرف چراغاں ہو رہا تھا۔ یہاں بھی دہی چھلی پہلی تھی جو دولہا والوں کے محل میں تھی۔ صبح ہی عقد خوانی ہو رہی تھی۔

اتنے ہنگامے اور اتنی بڑی کوٹھی میں کسی نے اس کا نوٹس بھی نہ لیا بوجھتی پاچھتی وہ سیدھی دولہا میاں کے کمرے میں جا پہنچی۔ ہلدی مہندی کی رسموں سے تھکے تھکائے دولہا میاں اپنی مسہری پر دراز تھے۔ پردہ ہلا تو وہ مڑے — اور دیکھتے کے دیکھتے رہ گئے۔

گھٹنوں تک لمبا زعفرانی کرتا۔ کسی کسی نڈیوں پر منڈھا ہوا تنگ پاجامہ۔ بلی بلی کا مدانی کا کڑھا ہوا زعفرانی دوپٹہ — رونی رونی، بھیگی بھیگی گلابی آنکھیں۔ چھوٹی آ سینوں والے کرتے میں سے جھانکتی گداز بانہیں۔ بالوں میں موتیا کے گجرے پڑے ہوئے۔ ہونٹوں پر ایک قاتل سی مسکراہٹ — یہ سب نیا نہیں تھا، لیکن ایک مرد جس کی پچھلی کئی راتیں کسی عورت کے تقوں میں بیتی ہوں۔ شادی سے ایک رات پہلے بہت خطرناک ہو جاتا ہے — چاہے وہ کیسا ہی شریف ہو۔

رات خود دعوتِ گناہ ہوتی ہے
تنہائی جو گناہوں کی ہمت بڑھاتی ہے۔

جھجکی نے انہیں یوں دیکھا کہ وہ جھجگے سے ٹوٹ گئے۔ جھکی جان بوجھ کر منہ موڑ کر کھڑی ہو گئی۔ وہ تلملائے سے اپنی جگہ سے اٹھے، اور ٹھیک اس کے سامنے آ کر کھڑے ہو گئے۔ آنکھوں کے گوشوں سے جھکی نے انہیں یوں

دیکھا کہ وہ ڈھیر ہو گئے۔
تمہارا نام ؟ انہوں نے ہچوک نگل کر کہا۔
" چپی !" اور ایک جھمکیلی ہنسی نے اس کے پیارے پیارے چہرے کو جابذ کر دیا۔

"وہ اتنی تم میں جو چبک ہے اس کا تخاصد ہی تھا کہ تمہارا نام چپی ہوتا۔۔۔"
انہوں نے ڈرتے ڈرتے اپنا ہاتھ اس کے شانے پہ رکھا۔ خالص مردوں والے لہجے میں ، جو کسی لڑکی کو پٹانے سے پہلے خواہ مخواہ کی ادہرا درہر کی ہانکتے ہیں لرزتے ہوئے اپنا ہاتھ شانے سے ہٹا کر اس کے ہاتھ کو پکڑتے ہوئے بلے
" یہ تھال میں کیا ہے ؟
چپی نے قدر اُن کی ہمت بڑھائی ۔ " آپ کے واسطے ملیدہ لائی ہوں رت جگا تھا نہ رات کو ! اور اس نے تلوار کے بغیر انہیں گھائل گھائل کر دیا ۔
" منہ میٹھا کرنے کو ۔" وہ مسکرائی ۔
" ہم ملیدے ولیدے سے منہ میٹھا کرنے کے قائل نہیں ہیں ۔ ہم تو ۔
۔۔۔ ہاں ۔۔۔۔۔" اور انہوں نے ہونٹوں کے شہد سے اپنا منہ میٹھا کرنے کو اپنے ہونٹ بڑھائیے۔ اور چپی ان کے بازوں میں ڈھیر ہو گئی ۔ ان کی پاکیزگی لٹنے ۔ خود لٹنے ۔ اور انہیں لوٹنے کے لئے۔

وداع کے دوسرے دن ڈیوڑھی کے دستور کے مطابق جب شہزادی باشا اپنی اُترن اپنا سہاگ کا جوڑا اپنی اتا اپنی کھلائی کی بیٹیاں کو دیے گئیں

توچکی نے مسکرا کر کہا ۔ " یاشا ..... میں .... میں ....میں
" میں زندگی بھر آپ کی اُترن استعمال کرتی آئی ــــ
مگر اب آپ بھی .... "
اور وہ دیوانوں کی طرح ہنسنے لگی ۔ میری استعمال کری ہوئی چیزیں ۔
زندگی بھر آپ بھی ..... " اس کی ہنسی ختم ہی نہ تھی ۔
سب لوگ یہی سمجھے کہ بچپن سے ساتھ کھیلی سہیلی کی جدائی کے
غم ـ نے عارضی طور سے چمپی کو پاگل کر دیا ہے ۔

―――――

بڑی پاشا کا غصہ اپنے شباب پر تھا
"اُجاڑ! اُنے دیوان صاحب اِتّا ساکام اب تک کر کو نہیں ٹے۔ کتنے دفعے بول بول کے بھیج دی پرانوں کے کانّاں جیسے پٹ گئیں۔ کیا پورے محلے ترے ہیں۔ ایک بھی پیٹ والی سیدانی نئیں مل رئی ہوئیں گی۔؟"

مغلا بی بوا بادام کشمش، منقہ چھوہارے، میوؤں اور زعفران کے ڈھیریں ڈوبی بیٹھی تھیں۔ وہیں سے اِک ذرا ہاں نچا کر کے بولیں"اوئی پاشا اِتّا گھابرے بھی نکّے ہو۔ ابھی دلہن پاشا کی زچگی کو خود دس پندرہ دن پڑے ہیں بیچ جائیں گی۔ گلی گلی سیدانیاں پڑے ہیں ایک چھوڑ دس مل جائیں گے۔"

"تم بھی کیا باتاں کرتے مار۔ ایک چھوڑ دس مل رئے۔ میں بستیوں ایچ سل جائے سو غنیمت ۔۔ ایک دن بھی دیر سے ملی تو نماح بے جاری دلہن کو تکلیف ۔۔"

مغلانی بولیں ذرا گڑ بڑا کر بڑی پاشا کو دیکھا

"ہو پاشا نو مہینے پیٹ میں رکھے سو تکلیف نہیں ہوئی ۔ اک ذرا دودھ پلا لینے سے کاہے کی تکلیف ہو جائیں گی؟ ہاں پھریاں ہوتی اچے ہے ۔ ہور پاشا کوئی میرے سے پوچھے تو میں اچ دل کی سبتے اچھا دودھ اپنی ماں کا ہے۔"

بڑی پاشا نے ذرا تیور بدل کر انہیں دیکھا ۔۔ "بیو اور سنو ۔ ہو جی تے نہیں آتا معلوم دلہن کو سولہاں کبھرکو ابھی اچ ستر برہواں لگا ۔ اتی سی جان دھان بان ۔ کیا اُسنے بچے کو دودھ بلائیں گی ۔؟ اول اچ تو کیسی زرد، زعفران ہو کو نہ گئی ۔۔۔۔ اس دن تے سنتے نہیں، برسے سرکار ڈاکٹرنی بھجائے تھے ۔ اُن نے دیکھ کو کیا بولی ۔ ؟ بہوت کم طاقت ہے ۔"

مغلانی بو اکشمش کے تنکے جنتی اسی بے نیازی سے کہے گئیں ۔ "دوئی پاشا بھونگ دھتورے سوب مرٹے ڈاکٹران پھیلائے سو میں ۔ نیئں تو کدو کی بیل کو بھی اس کا پھل بھاری نہیں جاتا ۔ یہ تو والسان اچ ہے ۔"

بڑی پاشا نے گھور کر مغلانی بوا کو دیکھا ۔ ان کی بزرگی اور سفید بیسر آرٹ سے آجانا تھا، درنہ ایسے موقوں پہ ان کا جی جا ہتا بڑھیا کا چونڈا پکڑ کر ڈیوڑھی سے نکال باہر کریں. یہ کوئی آج کی بات نہیں تھی جب سے وہ بیاہ کر اس ڈیوڑھی میں آئی نئی تھیں، تب سے ہی زنان خانے میں ہربات میں مغلانی بوا کا سکہ چلتا تھا ۔ بڑے سرکار کے والد حب تک زندہ تھے، وہ بھی اس نوکر شاہی سے واقف تھے کبھی کبھار وہ مذاق میں ہنس کر کہہ بھی دیتے تھے "مغلانی بوا، اب کبھی سرکار سے ان کا اتنا سا حضور بنظم فرماں روائے ککن کی طرف ہوتا ہتا ۔ ملاقات ہوئی تو

ہم ان کو مشورہ دیں گے کہ آپ ہماری مغلانی لوا کے نام کا سکہ چلا دیں ۔"
مغلانی لوا جانے کون سی آب حیات پی کر آئی تھیں کہ بڑی پاشا کے دیکھتے
دیکھتے چالیس برس ان پر سے جیسے چالیس مہینے ہو کر نکل گئے تھے ۔۔ وہی سیاہ
بال ، وہی مستی بھرے سڈھوئے دانت وہی مصنبوطہ کاٹھی ، اور وہی عمل درسل
۔۔ سارے پاشا لوگ ان سے ایسے ڈرتے تھے جیسے پچ پچ وہی گھر کی مالکن ہوں
البتہ بڑی پاشا سے ان کی کبھی کبھار بڑی ٹکرار چلتی تھی ۔ ڈیوڑھی میں کتنے زچکی
چارپے ہوتے تھے ۔ کتنی انا ئیں ، کتنی کھلائیاں ، مادر کی جا ئیں ، کوئی حساب ہی نہ تھا ۔
لیکن ہر بار مغلانی لوا کا یہی کہنا ہوتا" ماں کا دودھ ضروری نہ ہوتا تو اللہ میاں عورت
کے سینے میں دودھ اُتارتا ہی کیوں ؟ " مگر ان کی وہی حالت تھی کہ چاکر لاکھ کا نہ
مالک خاک کا ۔"

پا کٹرویوں ، کنیزوں ، اور کھیل چھوکریوں کی ایک پلٹن کی پلٹن میٹھی زبچہ اور
کھلائی کی خوراک صاف کرنے میں منہمک تھی کہ اتنے میں ، باہر سے خواجہ سرا اخذر
وارد ہوئے " مسنور وہ دیوان صاحب تو بڑے سرکار کے ساتھ بگھی پر کہیں
تشریف لے گئے ہیں ۔ اس واسطے یہ خادم کچھ فرمانا چاہتا ہے ۔
خواجہ سرا جو دہلی کی ایک بارات کے کچھ اہل زبان حضرات کے ساتھ چند
روز گزار کر خود بھی " زبان دان" بن چکے تھے ، ساری ڈیوڑھی کے لیے تفریح کا سامان
تھے ۔ بڑی پاشا زیر لب مسکرا کر بولیں ۔

" اچھا ہوا دیوان صاحب تشریف لے گئے ۔ آپ نہیں ، نہیں تو یہاں
کے سب کاموں چوپٹ ہو جاتے ۔ بولو کیا فرمانا ہے ؟ "
" جی ۔۔ وہ ایک سید انی شکر الم کیں بیٹے کو ایک مردانے ہو رزنا نی کے

سائلہ آتے ہیں۔ کرایہ بھی دینا ہے۔ ہو رُؤنوں آپس سے ملنا بھی ہے۔ بولتے یہ چھٹی انوں دے سوہے۔"

بڑی بیا بی نے مڑی تڑی چھٹی کو کھول کر دیکھا۔ ڈیوڑھی کا ہائی پتہ تھا۔ دیوان صاحب کے ہاتھ کا لکھا ہوا۔ بڑی پاشا خوش ہو کر بولیں "مغلانی بوا کچھ تو وہ دیوان صاحب جدّہ جگہ بول کر رکھے تھے سو اُن میں سے کوئی آبا کی ہے۔"

مغلانی بوا کی ہمبری میں ایک جوان سی لڑکی، بڑا سا پیٹ لئے تھکی تھکائی ایک بڑی بیسن کا سفید سر سے، میلے کچیلے کپڑے پہنے اور ایک بڑے میاں جھکے جھکے جھکے سے، جیسے دکھوں کا گٹھڑ سر پہ دھرا ہو کر سرا اٹھا کر چلنے نہ دیتا ہو۔ زنان خانے میں داخل ہوتے تو بڑی پاشا ویں سے ذرا ترش ہو کر پھٹکاریں "آئی بڑے میاں تم ادریسیع رہو۔ یہاں چھوکریاں گوشہ پردہ ہے۔"

"جبیبی حضور کی مرضی —۔" وہ وہیں ٹھٹک گئے۔ بڑی بی اپنی بیٹی کا ہاتھ پکڑ کر آگے بڑھیں۔ لڑکی نے چاندی کے تھالوں میں رکھے ہوئے بادام، اخروٹ، کشمش، چھوہارے، منقہ، اور مکھانوں کے ڈھیر کو دیکھا اور زعفران کی بے پناہ خوشبو کو گھونٹ گھونٹ پیتی ویں ننگے فرش پر بیٹھ گئی۔ بڑی بی نے سہم کر بیٹی کی وکالت کی "بیس کہوں نواں مہینہ بھرا جا رہا ہے۔ تھکی تھکی جاتی ہے۔"

"کچھ پروا نہیں —۔" بڑی پاشا رسان سے بولیں۔ "دائی کتنے دن کی ٹلائی؟" "نیں اسی ہفتے دس دن میں جا نذے چکے گا ۔" بڑی بی خوشی خوشی بولیں۔ "بڑی سرکار نے جو نک کر انہیں دیکھا اور پوچھا" کہاں کے رہنے والے جی تے ؟"

"بی ۔ ہم خانماں برباد اسی دہلی کے ہیں جو ہزار بار اُجڑی اور ہزار بار بسی ۔ اب قسمت نے یہاں لا پھینکا ہے۔ اس سرکار کا نام سن کر چلے آئے تھے۔ جس

"کی بادشاہت میں ۔ ۔ ۔ ۔ ۔"

بڑی بی اشارات کاٹ کر ناگواری سے بولیں' اباکتے بکواسی ہیں جی تُنے چُپکے چُپکے پٹ پٹ لگا دئیں ۔ بیٹ جو جو پوچھوں ، بس اُتنے کا جواب دینا"

"بہت بہتر میری سرکار۔" بڑی بی بغیر پُرانے بولیں۔

"تمہارا خاندان کون سا ہے ہور تمہارے سسرال کا کون سا؟"

"جی سرکار، ہم لوگ نجیب الطرفین ۔ ۔ ۔ خاک چاٹ کر کہتی ہوں کہ ہمارا سلسلہ آلِ رسول، خاندانِ سادات سے ملتا ہے ۔ میرا میکہ بھی سید تھا سسرال بھی' خدا کی مہربانی سے بیٹا کو بھی سسرال سیّد گھرانہ ہی ملا ۔ تین سیٹرھی اوپر تین سیٹرھی نیچے تک ہمارے خاندان میں کہیں کھوٹ نہیں ۔ ۔ ۔ نوکری کی، مزدوری کی، چاکری کی، لیکن شکر اس مالک کا اور کرم اس رسول کا کہ کبھی کسی کی دی خیرات نہیں لی ۔ نہ صدقہ کھایا نہ زکوٰۃ لی ۔ ۔ ۔ دو ہاتھ باؤں چلاکر جی پیٹ بھرا سرکار ۔ ۔ ۔ جس کے لئے خدا اور اس کے رسول نے بھی کوئی ممانعت نہیں فرمائی ہے ۔"

"ٹھیک ہے ۔ ۔ ۔ ہم نا بھی تم کو نوکری کے واسطے اچ بلا بھیجیں، ہمارے پوتے کو پلا پوتی کو ۔ ۔ ۔ جو بھی اللہ دیا سو ۔ ۔ ۔ تمہاری بچھو کری سال بھر دودھ پلانا مگر اپنے بچے کو اوپر کا دودھ پلانا کتے ۔"

"جی ۔ ۔ ۔ ؟ پہلی بار لڑکی بغیر مخاطب کئے، خود سے بول پڑی "چپکی رہو زینب ۔ ۔ ۔ بڑوں کے بیچ میں زبان نہیں ہلایا کرتے ۔ ناں نے بیٹی کو گھڑکی دی اور وہ دہیں سہم گئی ۔

بڑی پاشا نے سنانا شروع کیا ۔ ۔ ۔ پانچ روپے مہینہ تنخواہ، کھانا پینا ہمارا طرف ۔ صبح اچ صبح بڑا گلاس بھر کو بادام، زعفران، اور گڑ ملا ہوا دودھ ۔ ۔ ۔ ہمارے

وہاں زچہ کو ٹھنڈی ٹھنڈی بول کو شکر نہیں دیتے۔ پھر دو گھنٹے سے ناشتہ ۔۔۔۔ دو انڈے پراٹھے، چوزے کا شوربہ، ۔۔۔ پھر کھانے سے پہلے بھوک لگی تو طشتری بھر کو میوے، مکھانے، تلا ہوا گوند، بادام، کشمش، دوپہر کے کھانے پر روز ایک مرغی بکرے کا شوربہ، روغنی روٹی، ۔۔۔ چا دل میں زچہ اور اتا کو نہیں دیتے ۔ ٹھنڈے ٹھنڈے ہونے بول کو ۔۔۔ جا نبے ایسی بھینس کا دودھ ہے جس کو ہے ٹو گا لا خاص زچہ کے واسطے پالتے کی ۔۔۔ سولے میوے اور تھوڑی سرکی کے اس کو کچھ نہیں کھلاتے ۔۔۔۔ رات کو بچے کا دودھ ستقنم ہوئے نہ ہونے کر کے بہت ہلکی غذا ہے دیتے ۔ لیں پرندوں کا بہت گلا ہوا گوشت قیمے میں پکا کر ۔۔۔ اور رات کو سوتے وخت دہی دودھ ۔۔۔"

بڑی بی اور زینب کی آنکھیں کھلی کی کھلی رہ گئیں۔ کوشش کرتیں تب بھی شائد ہی ملک بند زبیانی۔

"اتاً سو اس واسطے کی ہمارا بچہ طاقت در ہونا ۔۔۔ اور ایک بات یہ کی برتناں ہمے سوب چاندی کے استمنال کرتے ۔ حکیم صاحب بولتے چاندی میں بہوت طاخت رہتی ۔ ہور کپڑے بھی سیچ دیں گے ۔ روز صبح تلٰی ہور صندل کے تیل سے مالش کر کے ایک خانمہ نہلا ہیں گی ۔ تب بچہ گود میں لینا ۔ غلیظ عورتاں ہم نئیں رکھتے ۔

"بہت بہتر میری سرکار ۔" بڑی بی مارے ممنونیت کے دُہری ہو کر بولیں ۔" سب ٹھیک ہو جائے گا سرکار ۔" وہ ادھر مری سی زینب کی طرف دیکھتے ہوئے کہنے لگیں ۔ اس کا بھی یہ پہلا بچہ ہے سرکار ۔۔۔ پہلے تو اچھی خاصی تندرست تھی لیکن کیا کہیں سرکار ۔۔۔ پیٹ کا بچہ کیا کچھ نہیں مانگتا ۔۔۔ پھر بھی شکر ہے

"اس مالک کا سرکار، جس نے یہ زندگی دی ۔۔۔"

بڑی پاشا نے قدسیہ ناگواری سے انہیں دیکھا ۔ "تمہاری زبان کتنی چلتی ہے ۔۔۔ ذرا تو چپ کرو ۔۔۔" وہ مغلانی بوا سے مخاطب ہو گئیں ۔۔۔" دیکھو وہ بن پاشا کے محل سے ملا ہوا جو کمرہ ہے کی نہیں وہ اتا کے واسطے خالی کرا دو ۔۔۔"

ایک دم زینب ننگے فرش پہ لوٹ گئی ۔ ننھی بچیوں کی طرح پاؤں پٹک پٹک کر وہ چیخنے چلانے لگی "میں اپنے بچے کا دودھ کسی دوسرے بچے کو نہیں پلاؤں گی ۔ نہیں پلاؤں گی ۔۔۔ نہیں پلاؤں گی ۔۔۔ اماں مجھ پہ یہ ظلم نہ کرو۔"

چاندی کے طشت میں میوے ملے دودھ کے گلاس، مرغ، بکرے ۔۔۔ پرندوں کے گوشت سے بنے ہوئے لذیذ قورمے، روغنی روٹیاں ۔ پراٹھے ۔۔۔ ایک ایک کر کے اس کی نگاہوں کے سامنے اترنے لگے ۔ وہ اسی طرح ٹھٹھکی سی ننگے فرش پہ سمٹی ہوئی تھی ۔ نہ چیخی تھی ۔ نہ چلائی تھی تبہ نہیں اس کے دل کے کن گوشوں سے چیخیں بلند ہوئی تھیں ۔۔۔ زبان تو خاموش ہی تھی۔

سبے سجا سجائے کمرے میں جہاں ساز و سامان ایسا تھا جیسے کسی شاہ زادی کا کمرہ ہو ۔ زینب دم بخود کھڑی تھی ۔۔۔ سفید مسہری ریشمی جالی سے مڑھی ہوئی ۔۔۔ شفاف چادر، تکیے اتنے نرم کہ جیسے اندر پھول بھرے ہوں ۔ موٹا گدا ۔۔۔ باسینٹی پر نفاست سے تہہ کی ہوئی کشمیری شال ۔۔۔ انگاروں کی طرح گرم، مگر پروں کی سی ہلکی ۔۔۔ نیچے فرش پہ قالین ۔ ایک طرف آئینہ، سنگار میز، بڑی مسہری سے ہٹ کر چھوٹی سی مسہری ۔۔۔ اسی نفاست اور اہتمام سے ۔ جیسے کسی شہزادے کے لئے ہو ۔۔۔!

"کس خوش نصیب کے لئے ہے یہ؟ زینب نے دکھے دل سے سوچا۔ تھوڑی دیر میں ایک خادمہ درزن کو لئے آموجود ہوئی

"بی بی اپنا ناپ دلا دیجیے، تمہارے واسطے کپڑے تیار ہونا ہیں، جب تک یہاں رہیں گے یہاں کے اچھے کپڑے پہننا پڑیں گے۔"

"ٹھیک ہے۔" وہ کسی معمول کی طرح ہر بات سنتی اور کرتی گئی۔ جب کمرہ سب لوگوں سے خالی ہوگیا تو بڑی بی نے اطمینان کی سانس لی۔ " خدا کا شکر ہے بیٹیا، بڑی سرکار نے تمہارے شوہر کے بارے میں کوئی سوال نہ کیا ۔ "

"اگر انہیں پتہ چل جاتا کہ تم بیوہ ہو تو ممکن ہے وہ اسے بڑا شگون سمجھتیں کہ ہمارے بیٹے کو ایسی عورت دودھ پلا رہی ہے جس کا شوہر ہی نہیں تو تمہارے نصیب ایسے نہ چمک پاتے۔"

زینب جھوٹ پھوٹ کر رو دی۔ "اماں یہ تم کیا کہہ رہی ہو؟ اسے نصیب کا چمکنا کہتے ہیں، میں ماں ہو کر اپنے بچے کو دودھ نہ پلا سکوں اس سے بڑی نصیب کی تاریکی کوئی اور ہو سکتی ہے اماں؟"

"بیٹیا ۔۔۔ کئی بدنصیب بچے تو ایسے بھی ہوتے ہیں جن کی ماؤں کو ایک سرے سے دودھ اترتا ہی نہیں۔ کچھ ایسے بھی ہوتے ہیں جن کے پیدا ہوتے ہی ان کی مائیں مر جاتی ہیں۔ خدا کا شکر ہے کہ تمہارے ساتھ ایسی کوئی مجبوری نہیں۔ اتنا کھا دوں گی تو اللہ بھریو زندیوں جیسا دودھ کبھی نہیں سوکھے گا۔ کہ اس بچے کو پلا کر بہت بہت تھوڑا اپنے بچے کو بھی پلا سکو۔ تم دل کیوں چھوٹا کرتی ہو؟"

"اماں دل ہے ہی اس کم بخت کے پاس جو چھوٹا یا بڑا ہو!"

جس سیلاب کو بڑی بی اتنی دیر سے روک رہی تھیں ۔ جیسے پھوٹ پڑا ۔ ایک دم انھوں نے زینب کو سینے سے لگا لیا ۔ آنسوؤں نے ان کی گویائی چھین سی لی۔
"آج تمہارا شوہر ہوتا تو ۔ ۔ ۔ ۔ ۔ مگر اس کی غیرت تو ایک حمایہ بھی نہ سہار سکی ۔ ۔ ۔ تمہارے ابا نے بس یہی تو کہا تھا کہ الٹراسیوں کو اولاد دیتا ہی کیوں ہے جو اسے پال بھی نہیں سکتے ۔ غریبی بُری تو ہوتی ہے بیٹا مگر ایسا بھی کیا کہ اپنی جان ہی لے ڈالی ۔ ہم نے بھی تو اک عمر اسی غربت میں کاٹ دی کہ صبح کھایا تو شام کی آس نہیں ۔ شام ملا تو صبح کا یقین نہیں ۔ آج وہ ہوتا تو دیکھتا کہ خدا کتنا بڑا ہے جہاں فاقے مرنے کی نوبت تھی وہاں شاہی نعمتیں! ایسی کہ انسان جن کا تصور بھی نہ کر سکے ۔ پھر اوپر سے پانچ روپے ماہانہ ۔ تمہاری تو زندگی ہی سنور گئی بیٹیا ۔"
"ٹھیک کہتی ہو اماں، میری تو زندگی ہی سنور گئی ۔ ۔" وہ آنسوؤں سے بھری ، دکھ سے بھاری آواز میں بولی ۔ "کیا دنیا میں کھانا ہی سب کچھ ہوتا ہے؟"
بڑی بی نے آنسوؤں سے چھکتی آنکھوں سے بیٹی کو دیکھا اور بالوں کو ٹٹولا کر بولیں ۔ "بیٹیا، ایک زمانہ ان بالوں پر سے ہو کر گزرا ہے ۔ تب ہی یہ سفید ہوئے ہیں۔ اور اس زمانے نے یہی بتایا کہ سب سے بڑا دکھ بھوک ہے ۔ سب سے بڑی خرابی بھوک ہے ۔ سارا جھگڑا بھوک کا ہے بیٹیا، بھوک نہ ہوتی تو خدا کو کون پوچھتا ؟"
اسی دم مصلائی بوا کمرے کا پردہ اُٹھا کر داخل ہوئیں اور زینب کو کچھا کر بولیں ۔ "دیکھو بی بی ۔ زچگی کے بعد سال بھرے تک، جب تک بچہ دودھ نہ پئے گا تمہارے شوہر یہاں نہیں آنا۔" پھر وہ بڑی بی کو دیکھ کر ذرا مسکرا ئیں ۔ "اب اتنے بڈھے بڈھے ہے تم کو کھول کو سمجھانے کی تو ضرورت نہیں نا ؟"

دوسرا دن زینب کے لئے بڑا عجیب ثابت ہوا۔ پہلے ایک دائی اماں آئیں جو اسے ٹٹول ٹٹول کر کہہ گئیں کہ دو دن بھی مشکل سے نکھیں گے، پھر ایک کریسچن لیڈی ڈاکٹر آدھمکی، جس نے ہر قسم کے معائنے کئے اور شوہر، ماں، باپ سے لے کر سب ہی تک کی صحت کے بارے میں پوچھ کچھ کر ڈالی۔۔ بہت ساری گولیاں اور پینے کی دوائیں اس کی سر ہانے والی ہنر پر جمع ہو گئیں۔ یہ سب کچھ اس کے لئے بڑا عجیب و غریب تجربہ تھا۔۔۔ اس کے یہاں تو سب سے بڑا ڈاکٹر حکیم جو کچھ تھا وہ ادھیڑی عمر کا لاغر زرمگی پاپا کے لئے ڈاکٹر نے بہت ملکی غذائیں زیادہ ترد و د عا اور پھلوں کے رس تجویز کئے لیکن اس سارے معاملے میں، ان پڑھ دائی ماں زیادہ تجربہ کار ثابت ہوئیں اس لئے کہ اسے ڈیوڑھی میں اُنٹے بیسواں دن تھا کہ شام ہوتے ہوتے وہ ایک ننھے منے سے لڑکے کی ماں بن گئی۔ چوبیس گھنٹے گزرنے پر اس نے وہ زندگی بخش تناؤ اور درد اپنے سینے میں محسوس کیا جو بیکا رکھا رکھ کر کہتا ہے "میں ان داتا ہوں۔ مجھ سے کچھ مانگو۔

معاملہ بڑی پاشا کے دربار میں گیا۔ وہ بولیں ٹھیک ہے ابھی تو د لہن پاشا کی زچگی کیا معلوم کب ہو ٹے۔ جب دودھ کا زور ہو رہا ہے ما تو بچے کا منہ لگا دیو" دو دن سارا ہفتہ زینب نے جنت یا جنت سے بڑھ کر اعلیٰ ، حسین اور خواب آگیں ماحول میں گزارا۔۔ ایسی غذا جو شاید بے حد نیک روحوں کو جنت میں عطا کی جاتی ہو گی، کام نہ دھام، نفقا سفقا ساگول مٹول بیٹا پہلو میں۔ دو پاکیزہ نہریں اپنی شدت سے جاری ہو گئیں۔۔ زینب کا جی چاہتا کہ اپنے بیٹے کو لے کر کہیں دور بھاگ نکلے۔۔ اس طرح کہ کوئی نہ دیکھے، کوئی پیچھا نہ کرے۔ لیکن وہ ماں اور اس کی ما متا کا کھیل۔ لیکن مستقبل اپنا بھیانک منہ پھاڑے آکھڑا

ہوتا ہے۔ غریب باپ جو آئے دن آئے روز پیر کا نگر (جو لاہے) کا کام کرتے۔ بوڑھی
ماں جو اکثر روز سے رکھ رکھ کر فاقوں کی تہمت تسلی مٹاتیں۔ کس قدر خوش تھے
کہ ان کی بیٹی کو تو اللہ نے عیش کرنے اور پانچ روپے ماہانہ ان کی اپنی گزر اوقات
کے لئے بھی مقرر کر دیا۔ پہلے سے وہ اپنے گھر علی بھی جلسے مگر ابّا کی نہ کے
برابر آمدنی کیا سکھ دیکھنے پائے گی۔؟

نوکری وہ کرنے لگے رہی۔ اَبّا اماں نے کبھی اس بارے میں سوچا بھی
نہیں اور پھر بیچ والی کو ماما گیری پر رکھنے لوگ کتنا بد کہتے ہیں۔ ہر طرف اندھیر
ہے۔ وہ ساری فکروں سے نجات پانے کے لئے اپنے ڈال کو کلیجے سے لگا لیتی
آٹھویں دن ڈبیوڑھی کو ڈھنگا مہ بپا ہوا کہ سب اپنا آپا بھول گئے۔
لیڈی ڈاکٹر کی اس نقّار خانے میں بھلا کون سنتا؛ ڈھول تاشے، بُجا سے
باجے، ڈومنیاں، میراثنیاں زنجیروں کے گیت۔ جاٹوں کے گیت، خیر خیرت
پکوان ٹلن ایک شادی کی دھوم دھام تھی۔ بڑے سرکار اور بڑی پاشا کی
خوشی کا اندازہ نہ تھا۔ اللہ تعالیٰ نے انہیں پونے سے نوازدیا تھا۔ اس دن پہلی
بار زینب نے چھوٹے سرکار اور دلہن پاشا کو دیکھا۔ پیا زر سورج کی جگمگاتی
جوڑی۔ ڈیوڑھی میں چھوٹے سرکار کے بارے میں متضاد رائے تھیں۔
چند چوکریاں کہتی تھیں" دلہن پاشا کے دیوانے ہیں انوں۔" اور جیدز تباتی تھیں
"سوب دکھاوا ہے۔ جب موقعہ ملے تاک جھوانک کرتیں۔" مگر جب والہانہ
انداز سے اپنی بیگم پر جھکے ایک ساتھ بیٹھے اور بیوی کو دیکھ رہے تھے۔ اس انداز
نے زینب کے دل سے ہر خدشہ دور کر دیا۔

سات گئے۔ دھیرے دھیرے سے پھیلی ہوئی زینب حبیب دولہن پاشا کی خبر

بیٹھے ان کے محل میں پہنچی تو باغلوں نے بڑے دوستانہ انداز میں اس سے شکایت کی ۔ " اب تے ہمارا بابا چھین لیں گے ناناتا ؟ "

زینب پر سے ، اس کے دل پر سے اس کے ہوش و حواس پر ۔ سے کئی اندھیاں سنسنائی گزر گئیں ۔ کتنی ہی دیر وہ یوں ہی کھڑی رہی پھر اپنی ساری قوت گویائی جمع کرکے بولی ۔ " خدا آپ کا سہاگ ، آپ کی ماتا سلامت رکھے بی بی ، میں ایسا سوچوں بھی تو جل جاؤں ۔ " وہ رونے پر آگئی ۔

" اتنا رودو مت انا ۔ نہیں تو بابا کا دودھ سوکھ جائیں گا ۔ " دلہن پاشا ہیجے میں ماتا بھر کر بولیں ۔

زینب نے سر اٹھا کر پوچھا " کسی نے کس کا بچہ چھینا ہے لبی بی ۔ سوچ کر جواب دیجیئے گا ۔ ۔ " ۔ ۔ مگر یہ بات اس نے کہی کب تھی اس کی زبان تو خاموش تھی ۔

چھوٹے پاشا جو چاند پاشا کے نام سے پکارے گئے ۔ جب جو میں گھنٹے گھنٹے کے ہو گئے تو دودھ سے لگا تھے گئے ۔ اتنا کا بچہ جو دس دن میں ماں کے دودھ کا عادی ہوگیا تھا ۔ کسی طرح دودھ چوسنی یا نپل کو منہ نہ لگا تا تھا ۔ چاند پاشا جی سر جیسر دودھ پی رہے تھے اور اتنا بار بار پلٹ پلٹ کر دیکھتی کہ اس کے کی آواز سے میرے کانیں بہرے ہو گئے ہوتے تو اچھا تھا ۔ پر لے صحن سے بڑی پاشا کی محبت سے بوجھل آواز آئی ۔ " گے اتنا تمہارے نیچے کو کسی چھوکری کے پاس درے کو یا ودرجی خلانے میں بھجا دیوی ۔ چاند پاشا کو چین سے دودھ پلاؤ ۔ نہیں تو اس کے رونے کی آ واز سن سن کر تمہارا دودھ سوکھ جائیں گا ۔ "

متواتر ٹھنڈے پانی کی پٹیاں رکھنے اور گولیاں کھلانے سے بھی لیڈی ڈاکٹر

کو پھر بلوایا گیا۔

لیڈی ڈاکٹر نے خوشامد بھری جھاڑ پلائی۔ "ہے بی ہم تم کو گرم پانی کی بوتل سے سنکائی کرنے کو بولا۔ یہ ٹھنڈا پانی کی پٹیاں کون رکھا ہے۔؟"

دلہن پاشا کا چہرہ درد ضبط کرنے سے افقی کھنچا کھنچا سا تھا۔ جھلا کر بولیں ۔" معلوم نہیں ڈاکٹر یہ لوگاں کیا کیا کرے رئیں ۔۔۔ آپ پلیز۔ پیرسے کو انجکشن دیو یا کچھ بھی مگر میری تکلیف کم کر دیو ۔

" مگر بے بی ۔۔۔ ، ڈاکٹر پیار سے بولی ۔" تھوڑا دن بابا کو دودھ، پلانے میں کیا حرج ہے ۔؟"

انگریز گورنس سے پڑھی ہوئی "بے بی" بہت دلاسے سے ٹھنک کر بولیں اوہ نو ڈاکٹر سارا فیگر خراب ہو جاتا ۔ میں نہیں فیڈ کرتا ۔"

_____

انّا پر ایک خادمہ مامور کی گئی ، جس کا کام صرف یہ تھا کہ کڑی نگرانی کرتی رہے کہ انا کہیں اپنے بچے کو دودھ نہ پلا دے ۔ انّا کا بچہ جب بہت بلبلا بلبلا کر رو تا تو اس کے منہ میں چوسنی دے دی جاتی جسے چوستے چوستے اس کے جبڑے پچک گئے ۔ ڈبے کا دودھ کبھی اسے ہضم ہوتا کبھی نہ ہوتا۔ گول مٹول بچہ ہڈیوں کی مالا ہو کر رہ گیا۔۔۔ دن رات نوکر خانے ۔۔۔ سے اس کے رونے کی آواز آتی رہتی اور انّا کی انی گوند میں، اور کبھی مسہری میں بڑی پاشا کا پوتا گہری نیند سوتا رہتا۔ ایسی نیند جو پیٹ بھر کھانے کے بعد ہی آتی ہے ۔

رات گئے جب سب گہری نیند میں ہوتے تو انّا چپکے سے اپنے بچے کو اٹھا لاتی ۔۔۔ اسے بھینچ بھینچ کر پیار کرتی۔ سینے سے لگاتی ۔ مگر وہ جس کا سلسلہ

آل رسول، خاندانِ سادات سے ملتا تھا۔ کبھی یہ سوچ تک نہ سکی کہ اپنے ہی گوشت پوست کے ٹکڑے کو، اپنے ہی بچے کو ایک ذرا سا اپنا دودھ پلا دے ۔۔۔ نمک حرامی کے بارے میں وہ سوچ بھی نہ سکتی تھی۔ کیونکہ اسے تو زندگی بھر اسی ڈیوڑھی کے آقاؤں کا نمک کھانا تھا ۔ بڑی پاشا اس کا مستقبل محفوظ کر چکی تھیں۔ وہ اس سے اطمینان دلا چکی تھیں کہ ایک بار جب اس کی ڈیوڑھی میں آ گیا سو آ گیا ۔۔۔ بچے کا دودھ چھڑائے کے بعد بھی اناؤں کو برخواست نہیں کیا جاتا تھا ۔۔۔ یہ اس ڈیوڑھی کے آقاؤں کی شان کے خلاف تھا ۔ دوجن کی ڈیوڑھی کے دروازے اتنے ادھیڑے تھے کہ ایک کے اوپر ایک کر کے تین اونٹ کھڑے کر دیئے جاتے تو بھی آسانی سے پھاٹک سے گزر جاتے، وہ کیسے اتنی چھوٹی سی بات سوچ سکتے تھے کہ اپنا کام نکل جانے کے بعد کسی کو دھتکار دیا جائے؟ ہر مہینے ایک ڈاکٹر سب لڑکوں کے معائنے کے لئے آتا تھا۔ اس بار آیا تو اس نے انّا کے بچے کو دیکھ کر سخت تشویش کا اظہار کیا ۔۔۔ دیوان صاحب سے کہنے لگا ۔۔ " اس بچے کی حالت اچھا نہیں ہے۔ "

بچے کے ہاتھ پاؤں سوکھ گئے تھے ۔ پیٹ نکل آیا تھا۔ انسان کا بچہ تھا مگر کچھ عجیب مجمو ٹے کا سا دِل ہو گیا تھا ۔۔۔ بڑی پاشا تک یہ خبر گئی تو وہ بولا کر بیٹھیں ۔۔" اگے ڈاکٹر سے بولو، اس کا اچھا علاج کرے کبھی مر ما گیا تو غم کے مارے انا کا دودھ سوکھ جائیں گا۔ اور جانا۔ پاشا کی صحت خراب ہو جائیں گی" مگر ڈاکٹر نے کہہ دیا یہ بہت دیر ہو چکی ہے ، اس کے سوکھے کا مرض لا علاج ہو چکا ہے ۔ ماں کا دودھ شے تو شائد کچھ ہو سکے۔ "

کسی دو سردی عورت کا دودھ اسے دینے کی کوشش کی گئی تو اس نے

منہ تک نہ لگایا۔ اس لئے کہ ان سارے مہینوں میں عورت کے نرم گرم اور زندگی
بخش سینے کی پہچان تک سے محروم ہو گیا تھا۔

ادھر ادھر ہاتھ مار کر اس نے اپنی چوسنی تلاش کی اور منہ سے لگا لی۔
ڈاکٹر کے معائنے کے ٹھیک ساتویں دن، دوپہرکے 12 بجے اتا کا بچہ اپنے بستر
میں مرا ہوا پایا گیا۔ بڑی دیر سے وہ خاموش تھا۔ در نہ اس کی دیں دیں جاری
ہی رہتی تھی خادمہ نے ڈبے کے دودھ سے بھری شیشی اس کے منہ سے لگانی چاہی
تو اسے اکڑا پایا پایا۔

"اتا ـــ اتا ـــ اتا ـــ " خادمہ زینب کے پاس پہنچ کر بے حد گھبرائی ہوئی
آواز سے دھیرے سے بولی: " تمہارا بچہ ـــ "

"کیا ہوا میرے بچے کو؟ زینب سنبے تابی سے پوچھا۔
وہ رک کر جھجک کر بولی ـــ " شائد مر گیا ـــ"

زینب کی آنکھیں پھٹی کی پھٹی رہ گئیں۔ وہ نہ روئی نہ سسکی۔

جب اتا کا دوپہر کا کھانا لگا۔ اس وقت تک پوری ڈیوڑھی میں
اتا کے بچے کی موت کی خبر پھیل چکی تھی۔ کھانا لگنے کی اطلاع سن کر حسبِ معمول
بڑی سرکار نے آ کر دسترخوان کا معائنہ کیا ـــ مرغ، بکرے کا شوربہ، روغنی روٹی
قورمہ، پانی کے جگ اشے دودھ دہی سب ٹھیک تھا۔ وہ روزانہ ہر چیز کا جائزہ لیتی
تھیں کہ ایسا نہ ہو کھانے میں کسی نہ جلسے اور چاند پاشا کے دودھ پر اس کا برا
اثر پڑے۔ دسترخوان کا جائزہ لے کر اصغر نے دوڑ کر طرح آٹھا دی۔ " اتا
چلو کھانا کھا لیو، پھر بچے کو بھی دودھ پلا نا ہے۔" زینب ایک مشین کی طرح اٹھی
ہاتھ دھوئے اور دسترخوان کے کنارے بیٹھ کر مقیدی کھانا کھانے لگی ـــ کہ بچے کا
دودھ نہ سوکھ جائے۔

نو لکھا ہار

پچھلی رات کو زرّت جگا "تھا اور اب اسی لیے سارے میں سوتا پڑا ہوا تھا بیبیاں! اندیاں سب پاؤں پسارے، کھلے ڈھکے سے بے خبر یاں سال سوئی پڑی تھیں۔ بس ایک دلہن پاشا کی آنکھیں تھیں کہ نیند سے دشمنی مول لیے بیٹھی تھیں کبے دالان میں چپایا یہ کر تی کو بی بی نو کر انیوں پر حلائیں۔ آگے چھنالاں۔ کب تک سوئیں گی اں۔ رات کو مہندی سانجنے آنے والی ہے کہ نہیں۔ دو بلیے، دالوں کے استنبال کی کوئی فکر خرچ نہیں مال زادیوں کو۔ اور وہ کھٹاکھٹ سرتا چلانے لگیں۔

سوئندالیوں میں ذرا بھی ترمجل پیدا نہ ہوئی دلہن پاشا نے نرم سی آواز میں پوچھا : مغلانی اماں، بی بی تارا کے دو بیٹوں یو لچکا تو ٹنک گیا نا ؟

"دہ تو ٹنک گیا پاشا، پن یہ پوٹیاں اٹھیں گے تو میورمجھی ہزار کام کرنے کو پڑے،اسعدہ تو مرگویاں ۔" دہ ذرارک کر لیں ۔" پن پاشاآپ تو ذرہ بھی نیند نئیں لئے ایسے سے صحت خراب ہوجائے گی ۔ آپ جاکو ذرا تو آرام کرلیو ۔"

دلہن پاشا چپ ہی رہیں تو مغلانی اماں ذرا دکھ بھرے لہجے میں بولیں ۔ " ہور ماں ۔ بیٹی بیاہنا بھی کوئی معمولی کام تو ہے نئیں ۔ اچھا رول کیسا بھاری ہوجاتا کی پہاڑ بن جاتا ۔ بیا ہے سو مصیبت ، نئیں بیا ہے سو مصیبت ۔"

دلہن پاشا اک کرب ناک سی ہنسی ہنسیں ۔" نئیں مغلانی اماں میری صحت کو کچھ بھی نئیں ہونے والا ۔ میں اچھا خاصا تو سوئی ۔ پوری نیند لے کو اٹھی ہوں ۔ "

پوری نیند ۔ ؟ اس سفید جھوٹ پر انہیں خود ہنسی آگئی ۔ ان کی نیند تو آج سے نہیں اس گھڑی سے ہی ان سے روٹھ گئی تھی جس رات دہ بیاہ کراس وسیع وعریض حولی میں آئی تھیں ۔ کیسی جگمگاتی رات تھی دہ بھی ، یہاں سے وہاں تک چراغاں ہی چراغاں ۔ پہلی بیٹی اور اکلوتی بیٹی ۔ بیٹے تو تین تین تھے ۔ اصل ارمان اور ٹھاٹ ہاٹ تو بیٹی ہی کی شادی میں آبا حضور کو نکالنے تھے ۔ رات کو دن بنتے تو بہتوں کی شادیوں میں دیکھا ہوگا ۔ مگر دلہن پاشا کی شادی میں رات جو دن بنی تو کئی ہفتے تک دن ہی دن ہی رہی ۔ نہ ہنر کا کوئی حساب تھا نہ اوپری دین لین کا ۔ کہنے والے کہتے تھے کہ ایک بیٹی کی شادی میں بڑے نواب نے اتنا اٹھا یا کہ حیدرآباد کی ساری بیٹیوں کی شادی کی جاسکتی تھی ۔ اور داماد کبھی کیا پن کر ڈھونڈا تھا کہ دیکھو تو لپس نیچے رہ جاے ۔ سرپستار کلاہ ، جامے دارکی جم جھماتی شیردوانی اور رول دار اطلس کا تہمبند تھماتا پنڈیوں

پر کساہوا پاجامہ پہنے ،سر سے ٹخنوں تک جھومتا سہرا باندھے جب وہ دلہن کو گودمیں اُٹھانے آئے ہیں تو ساری محفل ہکابکا رہ گئی ، جیسے کسی کلی کواٹھاتے ہوں ، ایسی ہی آسانی سے انہوں نے دلہن پاشا کو گودمیں اُٹھالیا۔کسی میراثن نے پتے کی بات سنائی "اے بی ، مرد اور پان تو کراٹے ہی اچھے لگتے ہیں ۔ دیکھو تو کیا مزے سے کوٹے میں بھر لیا۔"

مگر وہ ایک ہی رات کی بات تھی جب دولہا میاں نے اپنی نئی نویلی دلہن کو کوٹے میں بھرا ہوگا۔ نصیبوں کا جال ادھیڑنے کو معلوم ، دلہن پاشا کہ جن کا اصل نام اشرفی با نو تھا۔ اشرفی یوں کہلا تیں کہ بچپن میں سونے کی طرح دمکتی تھیں پیار سے ماں باپ نے، اشرفی اشرفی پکارا تو نام ہی اشرفی پڑ گیا۔ جوانی آئی تو کندن بن بیٹھیں۔ سنہرا سہرا رنگ ، حیدر آباد کی عام لڑکیوں کی طرح ، بلکہ ان سے بھی سوا گھنے بلمے بال ۔ جھلمل کٹوروں کی طرح بادامی آنکھیں۔ بھلے کو کسی اک طرف آنکھ اُٹھا کر نہیں دیکھا کہ حویلی کی ریت ہی یہ تھی کہ لڑکیاں نگاہیں نیچی رکھیں ورنہ جس طرف نظر اٹھتی کشتوں کے پشتے لگ جاتے اور اوپر سے قوسوں اور محرابوں کی رعنائیاں کیا قیامت تھی کہہ رہے ہیں ! پھر حویلی کا ایک جان لیوا چین یہ تھا کہ لڑکیاں ان دنوں اندر کرتوں کے اندر محرم و حرم کچھ بھی نہیں پہنا کرتی تھیں ۔ جو ہے بس سلسننے ہی ہے ۔ ایسی آنہیں دیتی جوانی کی سردیوں کی ایک رات لڑکیوں کرپا دہی رہ گئی ۔ جب مارے سردی پڑ رہی تھی اور نوکر خانے سے گل بدن نے انگیٹھی لانے میں دیر کردی تو سب لڑکیوں نے ایک زبان ہوکر کہا تھا۔" اللہ اب سردی کا کیا رہ نہلے جی ۔ اتنے اشرفی کی طرف ہاتھ کر کے آگ تاپ لیں۔سو سب لوگاں گرم ہو جائیں گے۔

ایسی انگیٹھی بدل جوانی تھی اور بشریہ ہوا کہ جہیز میں پیش بندھی جو دی گئی وہ جنوب کے اضلاع کی تازہ تازہ رکھی گئی ایک مارپٹاخہ لمباٹن، یعنی بنجارن چھوکری تھی۔ ایسی تو کئی جہیز میں دی گئی تھیں لیکن ہم عمری کے ناطے اصل کام دھام کی خاطر وہ لمباٹن ہی اصل پیش بندھی مانی جاتی۔ اپنی تیز طرار اور چلبلی طبیعت کی وجہ سے اشرفی بانو کو وہ بہت پسند بھی تھی۔ لیکن یہ کسے خبر تھی کہ اس کی تیزی ان کے اپنے نصیب کو بھی اس تیزی سے چاٹ جائے گی۔

شادی کی رات ___ پہلی رات، سہاگ رات گزار کر جب دولہے پاشا اپنے شہزادوں ایسے شاندار کمرے سے نکل کر جب باغ میں آئے تو دیکھا کہ خوب دھماچوکڑی شور مچ رہا ہے۔ ایک لمباٹن ہاتھ لپے کر کے مالی سے وہ پیچھے لے رہی ہے کہ مالی سات بچوں کا باپ ہو کر بھی نامردوں کا سردار نظر آ رہا ہے۔

"اے چھوکری، اتنا شور کیوں مچا رہی ہے۔"

دولہے پاشا نے اچھک کر اسے مخاطب کیا۔ جس کی ان کی طرف پیٹھ تھی۔

"اے چھوکری" سنتے ہی اس نے تنک کر سر گھمایا اور اس کے سر گھماتے ہی ادھر دولہے پاشا خود گم کر رہ گئے ___ ایسی آفت ڈھاتی جوانی توان کے باپ نے بھی اپنے خوابوں میں نہ دیکھی ہو گی۔ چہرہ تھا کہ انگارہ بنا ہوا تھا۔ آنکھیں آگ برساتی ہوئی۔ اتنی موٹی چوٹی ٹھیک سینے کے بیچ میں چاندی کے بٹنوں کے اوپر پڑی ہوئی اور چوٹی کے ایک طرف اور ایک طرف ادھر۔ بس بکا کہا جاتے ۔۔۔۔ بڑے غصے سے اس نے کہا "میں چھوکری دکھتی ہوں۔؟"

اب دولہے پاشا کی مردانگی بھی خوشی خوشی جاگ پڑی۔ ذرا شرارت سے

بولے ۔ " دکھتی تو چھوکری ہی ہے ۔ مرد لوگاں ایسے پہاڑیاں اٹھا کر نہیں گھوم سکتے "
انہوں نے صاف اس کی جوانی پر چھپ کی ،
" میرے کو میرے نام سے پکار نا سرکار ، ہاں بول دی میں! "
" مگر آپ کا اسم شریف ؟ " دولہے پاشا ہنسی روک کر بولے ۔
" نگیا " اس نے اسی بے اعتنائی سے جواب دیا۔
" نگیا ۔ ! بہت اچھے ۔ واہ جی چھولاں ہی چھولاں ہیں یہاں سے وہاں تک
چھولوں کے ذکر پر بے چارہ مالی شامت اعمال سے دخل انداز ہو گیا ۔ " دیکھنے
سرکار میں بھی آپ بول را ختا کی یہاں سے وہاں تک چھولاں ہی چھولاں ہیں ۔ ہور
آپ کا حکم ہے کی چھولاں توڑ ا نیٹ کرو ۔ اپنے آپ سے مرجھا کر ، ٹوٹ کو گرگٹے
تو گرنے دیو ۔۔۔ ین یہ کیا بولتی کی میں اپنی بی بی صاب کے واسطے تمڑ دل گئی توڑ لوں
گی ۔ ہور کیا بولتی ۔۔۔۔۔ ۔ "
ایک دم اس قیامت نے حقارت آمیز لہجے میں دھتکارا ، " اگے
تو جا کو اپنی بی بی کے لہنگے میں سو جانا ئے ۔ چپ کا چپ ٹرٹر لگا کر رکھا
جا جا ، بہوت دیکھے تیرے جیسے چھولاں سنبھالنے والے ۔ "
چھولاں سنبھالنے والے تو ہم ہیں نگیا بیگم " دولہے پاشا کے دل سے آواز نکلی
اللہ معلوم اس نگیا میں کیا زہر بھرا تھا کہ آپ تو ویسے ہی بھری بھری ، کسی
کسی ری ، مگر دولہے پاشا کو جوس چوس کر بوک بنا ڈالا ۔ کسی کام کے نہ رہ گئے ۔۔۔
یا تو وہ ایسے کرار سے بتے کہ پہلی رات کو دہن کو گئی سمجھ کرا ٹھا یا با اب پانی کا
گلاس بھی اٹھاتے تو ہاتھ تھر تھر کانپنے لگتا ۔
دہن پاشا کے حصے میں کیا آیا ۔۔ بس بھڑ کتی ، انگارے نے جھائی جوانی ۔

۔اور شادی کی اکلوتی ایک رات کی یادگار ایک بچی — پھر میاں نے انھیں کبھی پہلے بسترے بھی ہاتھ تک نہ لگایا۔ یوں ہاتھ لگانے کو گے بھی کہاں کہاں گئے تھے۔ دلہن پاشا چودہ برس کی بیاہی سسرال آئیں۔ نویں مہینے ایک گڑیا سی بچی کی ماں بن گئیں پندرہ برس کی ننھی منی ماں، اپنی ہی بچی سے یوں کھیلتیں جیسے ماں باپ کی سب سے بڑی اولاد اپنے چھوٹے بھائی بہنوں کے ساتھ کھیلے۔ کھاتے پیتے گھرانے کے بچے تو ویسے بھی جلد ہی جوانی کی منزلوں کو جا چھوتے ہیں۔ پھر دلہن پاشا کی تو ساری زندگی ہی ان کی اپنی بیٹیا بی بی تارا رکھتی۔ اس کو بنانا سنوارنا سجانا، اپنے ہاتھوں کھلانا پلانا، ماڈوں اور نوکرانیوں کی ملکن ہو نے کے باوجود اس کا ہر کام اپنے ہاتھوں کرنا۔ ہر دم ان کا یہی تو مشغلہ تھا۔ بی بی تارا کچھ ہی عرصے میں ماں کی بہن لگنے لگیں۔ دس گیارہ برس کی ہوتے کے بعد تو دہ ماں کے جہیز کے کپڑے بھی پہننے لگیں۔ کیوں کہ ہاتھ بہر خوب نکل آئے تھے اس قدر کم فرق ماں بیٹی میں نظر آتا کہ دادی حضور نے شروع ہی سے ماں کو بجائے امی حضور کے آپا کہنا سکھا یا تھا۔ اب برسات کے دنوں میں کبھی جھولے پڑتے تو بی بی تارا ماں کا ہاتھ پکڑ کر گھسیٹتی آنگن میں لے جاتیں۔ جھولے پر بٹھا دیتیں۔ ہاتھوں میں ہاتھ ڈے کر نچھلوڑی کھیلتیں۔ آگے پیچھے بھاگ کر آنکھ مچولی، چھپتا چھپائی، لپا چھپی کھیلتیں، دیکھنے والے کہتے: "اوئی، ایسا لگتا جیسا دونوں بہناں بہنا ہیں۔" اور رہ رہ جند برس سے تو بی بی تارا باپ ا عدہ بڑی بہن لگتی اور ماں چھوٹی بہن،

بی بی تارا کو گھر کے کام کاج سکھا ئے گئے، اسکول میں پڑھایا گیا۔ نو اول سا کی حد تک بجنے کبھی سینے پرونے، مہمان داری۔ اور گھر یلو زندگی کے کام کاج

ہوتے ہیں۔ وہ تو نوکرانیاں نپٹر لیتی ہیں، مگر بی بی تارا نے اپنے اٹھارہ برس کے باوجود دوستی دوستی میں بہت کچھ سیکھ ہی لیا۔ سولہ برس کی شہید تلخ کسی عمر میں جب پیغام اس اپنے ٹوٹ ٹوٹ بر سننے لگے کہ اکوتی ایک بیٹا کو نواب دولت یار جنگ ایک زمانہ سمیٹ کر دے دیں گے۔ تو دلہن پاشا کا دل دھڑسے ہو کر رہ گیا! ۔۔۔ میری گڑیا مجھ سے چھین جائے گی، میرا کھلونا مجھ سے بچھڑ جائے گا۔ نیند تو مقدر میں تھی ہی نہیں اب تو بالکل اکھڑ کر رہ گئی۔

شادی کی رات تھی' اور یہ دن ۔۔۔ ایسی غیرت مند بی بی تھیں کہ پھر کبھی تو غصہ ہی سے پہل کر کے بات نہ کی، بستر کے قابل تو رہی ہی نہیں تھے۔ بات چیت بھی اگر دہ کر لیتے تو بس جواب دے دیتیں۔ یہ کبھی نہ ہوا کہ اپنی طرف سے انہوں نے بات میں پہل کی ہو۔ لیکن نخموں کا مار کھایا ہوا، ماں کا تڑپتا دل لے کر وہ اس دن پہلی بار ساس کے پاس گئیں اور کہا:" آپ باپ ہیں۔ جو بھی کریں گے میرے کو منظور ہے۔ مگر خدا کا واسطہ دیتیوں کی بی بی تارا کو گھر داماد دیو۔"

"گھر داماد مل جائیں گا۔ ؟" نواب صاحب ذرا شگفتہ سے لہجے میں بولے۔
"کہیں نہیں ملیں گا۔ آپ اتنی بے حساب دولت دیں گے تو کوئی بھی گھر داماد ہی خوبول کر لے سکتا ہے۔" وہ ایک دم رو پڑیں۔" یہ اب پرانی باتاں نکالنا نئیں جا ہتی، بگر ایسج بات بولتیوں کی میں اپنی بچی کے بغیر زندہ نہیں رہ، سکوں گی نا"

شائد زندگی بھر کے گناہوں کا کفارہ ادا کرنے کا بس ایک آسان ذریعہ، نواب صاحب کو نظر آیا۔ محبت سے کہنے لگے۔" تم جو چاہتی ہو، جیسا چاہتی ہو، ویسا ہی انشاء اللہ ہو ہی جائے گا۔

بی بی تارا ایلو بیٹی تھی ۔ ہر طرف شادی کے منگا موں کی دھوم تھی۔ کان پڑی آواز سنائی نہ دیتی تھی۔ یہاں سے لے کر دہلا تک ایک طوفان سا پھیلا ہوا تھا اب دلہن پاشا کی نیند کاہے سے اڑ گئی تھی۔ بیٹی گھر کی گھر ہی میں تڑپنے والی تھی نا ۔ اب تو یہ ساری محفل یوں مچی ہوئی تھی کہ چپکی رات کو جو رات جگا ہوا تھا اس نے ان کی سوئی ہوئی جوانی کو دھکے مار مار کر پھر جگا دیا تھا۔

رات کو دہ تو اپنے کمرے میں ہی تھیں، مگر خاندان بھر کی بیاہی ان بیاہی لڑکیاں، عورتیں، خواصیں، ماماٹیں، نوکرانیاں، دالان میں ہٹر پاری مجائے ہوئے تھیں۔ شاہ آبادی بچھروں والے فرش پرہے جاجم اور چاندنی بچھا کرو میں انگیٹھیاں اور چوہلے جلائے بیٹھے گئے تھے۔ اِدر دھان دن بکران پک رہے تھے۔ گلگلے چنگے، میوے کی پوریاں، طبیدے، ۔ ایک طوفان تھا ۔ یہ سارا کوان شادی کے گھر میں آئے ہوئے مہمانوں کے ساتھ تواضع کے طور پر دیا جانا تھا ۔ اس وقت بکن ہو رہے تھے اور مذاق کے مذاق ۔ اِدر میراسنیں کسی سے کم تھیں ۔ ایک سے ایک فحش نغمے گائے جارہے تھے ۔

اچانک ماراگلا ترنخ گیا گانے گاتے ۔" ایک سیرا ٹن تنگ کر بولی ۔ " اب میری جگہ کسی اور کو لے لو ۔ اور میرے کو ذرا آرام دو ۔"

"اچھا چلو ۔" ایک کنیز شرارت سے بولی ۔۔ اب ذرا پہر بی اماں بوجھیں گے گے۔"

" اچھا تو بول یں بوجھیتوں ۔" دوسری بولی

ایک خالہ زاد بولیں ۔" اچھا جو پہیلی بوجھ کو نہ سکے وہ میری بندی بنے" تیسری بولی ۔" برابر یہ بھگتو دیتی ہیں ۔ میرے کو بہت مشکل سے پہیلیاں

یاد ہیں۔
"اچھا تو شروع ۔۔۔ بسم اللہ۔"
"ایک تھال موتیوں سے بھرا
سب کے سر پہ اوندھا دھرا
چاروں اور وہ تھال پھرے
موتی اس سے ایک نہ گرے
سب چلانے لگیں ۔ـ" ایڑ اللہ، اتا آسان، یہ تو آسمان اور تارے ہیں
برابر۔۔۔ اچھا اب دوسرا بوجھیں ۔ ذرا غور سے سننا۔" ایک ہنس
کر بولی۔

چٹاخ پٹاخ کب ہے   ہاتھ پکڑا جب سے
آہ اوئی کب سے   آدھا گیا جب سے
چپ چاپ کب سے   سارا گیا جب سے

ایک دم ہنسی کے ٹھٹھے اُبلنے لگے۔ اور پہیلی بولنے والی گوگلیاں
پڑنے لگیں ۔ مگر وہ تنک کر کہنے لگی،" اگے تمہارے دماغاں گندے ہیں اُجاڑ
ماریو۔ یہ تو امیر خسرو کی پہیلی ہے ۔ اس کا جواب ہے" کنگن : اب سوچو پھر بلاؤ
اچھا ایک اور بوجھو:"
بات کی بات ٹھٹھولی کی ٹھٹھولی
مرد کی گانٹھ عورت نے کھولی
بی بی تا ۱! جو سہیلیوں کے بیچ میں ہنستی مسکراتی، شرمائی لجائی بیٹھی
تھی، دیر سے بولی "قفل چابی۔"

دو ایک لڑکیوں نے اس کے دھمکے جڑے ۔" بڑی چتری ہے وہ تو
ہمیں بھی سمجھ گئی تھی ۔
" اچھا ایک پہیلی بولتیوں اب ، ایک طرار سی نوکرانی نے کہا ۔" جو یہ
پہیلی نہیں بوجھا، اُسے میرا زکریا
" ہاں ، بول بول ، " سب لڑکیاں چلائیں ۔
" سوتے سوتے ہاتھ میں سے کو سوٹے ۔"
" حرام زادی ۔۔۔ تیرا دماغ تو بالکل اپچ دلیا ہے۔"
"ہیں نوکرانی نہیں کروں" اچھا ایک ہور بولتیوں ۔ دونوں کا ایک اپچ
جواب ہے ۔ سوچ کو بولو۔
" اسلتا مسلتا، ہاتھ میں لیو تو ہپسل پھسل پڑتا ؟
پھر بی بی تاراہی بولی :: نپکھا ۔۔۔ دونوں کا جواب نپکھا! پچ ہے ۔"
اب سب نے سوچنا شروع کیا ۔" اے سی تو بات ہے ۔ سوتے وقت ہاتھ
میں پنکھا لے کو سوتے ناگرمی کے دنان میں ۔۔۔ ہور ہاتھ میں پسینہ آتا تو اُجاڑ مارا
پھسل پھسل بھی تو پڑتا نا ۔"
"اب میری پہیلی جو نہیں جو جھے تو اس کو میرے سامنے سو اٹھک بیٹھک
کرنا پڑے گا" حویلی کی مغلانی اماں کی بیا ہی بیٹی نے کہا ۔
" ہاں بولو ۔"
" اردڑوں مروڑوں ، تھوک لگا کر اندر گھسیٹروں ۔ "
سب گالوں پہ ہاتھ لگا لگا کر سوچنے لگیں اتنے میں ایک لڑکی کی بھاگی
گئی اور ہاتھ میں کچھ لئے واپس آئی ۔ زور سے چلا کر اس نے اعلان کیا" سوئی اُدھگا

سب اس کی جان پہ ٹوٹ پڑیں ۔ اگے دیکھو، یہ سب یہاں نہیں چلنے والا ۔ کتاب میں سے دیکھ دیکھ کو مت بولو۔
لڑکی نے دونوں ہاتھوں میں کتاب دبا لی ۔ "اچھا یہی بولیتوں، اب سے جھٹ کھیل نہیں ۔ دل سے بونا سب لوگ ۔ میں بھی ۔"
"اگے دلہن بیگم ۔ تم نا بھی تو کچھ مونہ کھولو ۔"
دو چار سہیلیاں بی بی تارا کو خوب گدگدانے لگیں ۔
دہ بل کھا کر ہانپ کر بولیں ۔ ابا، عذکے واسطے اتنا گدگدی مت کرو۔
مرجا ڈولگی ۔ اچھا، لبس ایکچ بول کے میری باری ختم ۔ آں ۔"
پھر وہ ہاتھوں کو دیکھ دیکھ کر مسکرا مسکرا کر بولنے لگی۔
"تو جاتا تھا میں پکارتی تھی
تو ڈالتا میں روتی تھی
پھر تو دیکھتا تھا ، میں ہنستی تھی ۔"
ایک نرم طوفان کی طرح بچکراتی، بلبلاتی، آگ برساتی، دلہن پاشا اپنے کمرے سے برآمد ہوئیں ۔ "یہ کیا فضول باتاں لگئے بیٹھے تم لوگاں ۔ کچھ عقل ہے کو نہیں کر انے بیٹھنے والیاں میں کنڈلارے بچیاں بھی نہیں ۔"
بی بی تارا اپنی جگہ سے سمسی گئی ۔ "ابا، ہم تو خالی جوڑیاں اور چوڑی ملالے کنا مستلم بولے ۔"
دوسری نے ذکر اپنے ہاتھوں میں چھپائی ہوئی کتاب آگے بڑھا کر کہنے لگی۔
"دیکھیے بیٹے یہ تو ہم کتاب میں سے یاد کرے ۔"
دلہن پاشا نے ۔۔۔ کھل پھل بچاتے سانس کو بڑی مشکل سے سینے میں سمیٹا

اور کتاب زور سے جھپٹ کر اپنے بستر پر آگریں۔ کتاب کو تیزی سے کھول کر پڑھنا شروع کیا ۔ " چند دلچسپ پہیلیاں " کے عنوان سے الہ آباد کے کسی محمد نعیم الرحمان ایم اے نے کتاب مرتب کی تھی۔ جو اس وقت ان کے جلتے بدن پر گرم تیل بن کر ٹپک رہی تھی ۔ انہوں نے جھجک کر کے پوری کتاب پھاڑ کر رکھ دی تھی ۔

پھر پردہ نہ ہو سکیں ۔ ایک ایک کر کے پڑوسے سولہ برس کی زندگی کے دن ان کے سامنے آ آ کر اپنی اپنی شکائتیں کرنے لگے۔

ایک دن بولا، یاد ہے، ایک دن برسات میں خوب پانی برسا تھا۔ زور سے بجلیاں چمکیں تھیں۔ تم آنگن میں اتری تھیں تو پورا لباس یا دی میں بھیگ کر سارے آگ ایسے بدن سے چپک گیا تھا ۔ نہیں کتنی سردی لگ رہی تھی یاد ہے نا ۔! ایسی سردی کیا کمبلوں اور نرم لحاف رضائیوں سے جاتی ہے ؟"

ایک اور دن نے کہا " لذابُ دولت یار جنگ نے تو ایک رات کے بعد کبھی اس انگیٹھی ایسے جسم کو چھو تک نہیں کیا۔ پر تم نے اپنے آپ پر یہ ظلم کیوں روا رکھا کر حویلی میں کتنے لڑکے تمہاری ایک چشم کرم کے منتظر رہتے تھے ۔ مگر تم نے انہیں پوچھا تک نہیں ۔ یاد ہے ایک دن نواب شوکت نواب نے تمہارے دوپٹے کا آنچل ارک ذرا تھام لیا تھا تو تم نے کتنی زور سے ان کے تقبیٹر مارا تھا۔ کیا جنت میں جلنے کی آرزو اتنی شدید ہے ؟ "

ایک اور دن بولا ۔" ایک موٹر زندگی بھر اسی لئے تو وقف رہی آر من وں برف کی سلیں لائے اور تم تب میں وہ برف گھول گھول کر تخ لبتہ پانی سے نہانے اپنے جسم کی تپش ٹھنڈی کرتی رہو۔ مگر کیا یہ درجہ کی گرمی برف سے بجھ جاتی ہے ؟ یاد ہے ایک دن ۔۔۔۔۔۔"

ایک دن !
ایک دن !!
ایک دن !!!

انہوں نے اپنے کانوں پہ ہاتھ رکھ لیے۔ کتنے دنوں کو یاد کروں اور کتنے دنوں کو بھولوں ۔۔ اب میں اپنی بیٹی کو دعا کر رہی ہوں، میں اکتیس بتیس کی بہی دیکھتے ہی جوان ہی۔ میرے ارمانوں پیاسے سہی۔ میرے آرزواؤں تشنہ سہی پر میں اب سب بھول جانا چاہتی ۔ میں اپنی بیٹی کی بڑی بہن دکھتی۔ یہ بھی صحیح ہے کہ ٹھیک بھی ہم دونوں کو آج تک ماں بیٹی نہیں لولا۔ جو بولا بہنا، بہناں اپج بلا ۔ پھر بھی میں اب ایک داماد کی ساس بننے جا رہی ۔۔۔ انہوں نے چیخ کر ان دیکھی قوتوں کو جیسے بھگانے کی کوشش کی ۔ !

پیچھے جاؤ میرے سامنے سے نکل جاؤ ۔۔ یہ پلید خیالات در اصل شیطانی ہیں ۔۔ مالک میرے کو آج تک سنبھالا، اب بھی سنبھال لے ۔

ادروہ ہانپتی، ہانپتی کلیجہ پکڑ کر بیٹھ گئیں ۔

رات جگے کی رات گئی ۔ پھر مہندی کی رات بھی گئی۔ سانجخت کی رات بھی گئی ۔۔ اور آج شادی کی رات ، یعنی جلوے کی رات تھی ۔ حویلی میں وہ بھگدڑ بچی ہوئی تھی کہ منٹ کے کام کو خواہ مخواہ گھنٹہ لگ رہا تھا۔ بیٹی بیاہ کر میکے ہی میں رہنے والی تھی مگر کہ گھر داماد میسر آ گیا تھا۔ داماد میں ہر خوبی موجود تھی، بس ذرا عمر کا فرق تھا، تو بھئی دو دو مہینے والی بھینس کی دو لاتیں تو کھانی ہی پڑتی ہیں ۔۔ پڑھا لکھا ہونہار نواب خاندان کا لڑکا تھا۔ عمر چونتیس سال تھی کچھ نزگوں نے منہ بھی بنائے ۔

نہیں کوئی بات بھی ہو۔ نئی اجارہ۔ یہ بچی دیکھو سو سو برس کی۔ اور دند لہا دیکھو
سو پو ہر کی دگنی عمر کا ۔۔۔۔۔ ایسا کیا کال پڑا تھا کیا چھوڑ دوں گا۔
" اب آپا ، ایک نہ ایک جگہ تو جھکنا ہی پڑتا نا ماں۔ دیکھو سب چیزیں زیب زیور
ہے۔ بس عمری ذرا زیاد ہے۔۔۔۔ اس سے کیا فرخ بڑھ جائے گا بھلا ۔ ؟ "
" فرخ کی بات تو ہانتے دو ۔۔۔ جوڑ کو جوڑ تو ملنا چاہیے نا "۔
"وہ تو سمجھیں گا ۔۔۔۔ نہیں تو ایک دن کچھ لسکے بدصورت خالا ماں سے تو بھی
اماں لگنے لگ جاتی مرد کی۔ اچھا اچھا ہے مردوں نے ذرا بڑی عمر کا اچ ہونا ۔ "
لیکن جب رفعت نواب برہ کھاتے کو آئے تو سب اپنی جگہ سن کر رہ گئے
الیسا جی دار مرد، الیسا بانکا سجیلا جوان ۔ کلین شیو ۔ نہ اڑھی نہ مونچھ ۔ گورا رنگ
اونچا قد، مضبوط ہاتھ پاؤں ، چوڑی چکلی چھاتی ۔ مسکراتا چہرہ ، شریر آنکھیں ۔۔۔
صورت سے مشکل سے پچیس چھبیس سال کا لڑکا ، سب اپنی معقول اور نامعقول
رائیں دل ہی دل میں دبا کر بیٹھ گئے۔ واقعی اچھا جوڑ ملا تھا ۔ بی بی نا را تھی تو سولہ
سال کی ۔ مگر عمر اس سے کچھ زیادہ ہی لگتی ۔ اور یہ زیادہ ہو کر کم لگتے بول بھی عمر
صنولوں ہی سے پرکھی جاتی ہے ۔ کوئی اسکولوں میں سرٹیفکٹ تھوڑی ڈھونڈنے
چلتے ہیں ۔
بارات جس دھوم دھڑکے سے آئی اس کا ذکر فضول ہے ۔ اس لئے کہ جیسے
گھر داماد ، ۔۔۔۔ ماں باپ نے جی کھول کر خرچ دیا ' دولہا والوں نے بھی کوئی کسر نہ چھوڑی
اور چیزوں کو تو جلنے دو صرف ایک بارہی پہلے نہ لاکھ کا تھا ۔ اب کسی کو یقین آئے
یا نہ آئے یہ اپنے ہاں پرانا دستور چلا ہے کہ ایک نہ ایک خاندانی زیوران کے یہاں
پشتہا پشت سے چلا آتا ہے ۔ جو خاندان کی ہر بڑی بہو کو چڑھایا جاتا ہے ۔۔۔

سوریغت نواب کا خاندانی نو لکھا ہار تھا جو پرانے وقتوں کے نو لاکھ روپے کا تھا یقیناً اب اس کی قیمت دگنی تگنی ہوگی بیگم نام ودی جبلا آرہا تھا - "نو لکھا ہار۔"

عقد خوانی ہوگئی — باہر بینڈ باجہ اور اندر ڈھولک بیٹھنے لگی - یہ کریا اس بات کا اعلان تھا کہ نکاح خوانی ہوگئی اور بیٹی پرائی ہوگئی - اب اندر آرسی مصحف لینے جلد سے کا ہنگامہ مچ جانا تھا۔ جس کے بعد ہی دولہا میاں اپنی دلہن پر قابض ہو سکتے تھے۔ قاعدے کہ جلوے سے پہلے دلہن کو نئے سرے سے سجایا سنوارا جاتا ہے۔ کیونکہ ایجاب قبول کرانے کے لئے جب وکیل اور ماموں دلہن کے پاس ہاں کہلوانے جاتے ہیں تو دلہن کچھ تو میکہ چھوڑنے کے غم میں سسکح اور دنیا دکھاوے کراسے سے بھی زیادہ، رو رو کر اپنے آپ کو مکان اور بدحال کر لیتی ہے۔ ظاہر ہے کہ آرسی مصحف کے وقت۔ جب زندگی میں پہلی بار آئینے میں دولہا بھیا کو اس کا دیدار کرایا جاتا ہے ۔ اس رخ روشن کا دلکش نظر بہت ضروری ہوتا ہے جو بعد میں حسین زندگی کی تعبیر دکھاتا ہوا ...

سسرال سے آیا بھاری جوڑا بی بی تارا کو پہنایا جاچکا تھا ـــــــ اس قدر وزنی کمخواب کا جوڑا، کہ بی بی تارا اپنے وزن سے دگنی ہوگئیں، پھر زیور پھر سجرد داں جوڑا، پھر حیدرآبادی لچھوں کا جوڑا، پھر بینیاں، پھر کرن پھول، پھر ماتھے کا جھومر پھر مانگ کا ٹیکا ـــ سب بے چاری دلہن پر بوجھ کے مارے زمین کی طرف جھکی چلی آری تھی۔ اور بھی ایک کیہ قیامت توڑا تھی ہی تھی، ابھی تو دولہا میاں منہ دکھائی میں دو نہر قیمت وزنی "نو لکھا ہار" بھی اس کے گلے میں پہنانے والے تھے۔

جلوے کا وقت قریب آتا تھا - برسے سے چاندی سونے کے طلا پر چمر کھٹ پر بہنر میں دیا جانے والا استان دار نغمیلیں لبستر بچھا دیا گیا، زریں مسند زیر بر گاہ تکیے، گدگدے لحاف - بی بی تارا کو سنبھال کر بہت سی لڑکیا

پھر کھٹ لائیں اور گڑیا کی طرح سجھایا پر میں دلہن پاشا کو بیٹھنا پڑا۔ وہ لاکھ نتھ رائیں لاکھ بہانے بنائے مگر بہنوں، نندوں، بھاوجوں، نے پکڑ دھکڑ کر انہیں چھپر کھٹ پر چڑھا دیا ۔۔۔۔۔ اب مونہہ دکھائی کے جو بے حساب روپے اور زیور ملتے انہیں کون سنبھالتا پھرتا ۔ ؟

دہاں میاں کے آتے ہی جیسے قیامت آگئی ۔میراثنوں نے مہندی ، ہنیدی آوازوں میں دعائی کے گیت گانے شروع کر دئیے۔ جنہیں سن کر لڑکیوں بالیوں نے رونے کی بجائے ہنسنا شروع کر دیا ۔ بھلا ایسے رومانٹک موقع پر کہیں بار اپنی دلہن کا چاند سا چہرہ دیکھنے کے لئے دلہا آیا ہے ۔ رونا دھونا کس کو سوجھتا ہے۔ تنگ آ کر میراثنوں سے گانا بند کر دیا ۔

دلہا میاں کو چھپر کھٹ پر ٹھیک دلہن کے سامنے بٹھایا گیا۔ دلہن کے برابر میں دلہن کی ماں براجمان تھیں ۔ کسی میراثن نے پتہ نہیں کس روپ میں اس ہلڑ میں ایک بات کہہ دی ، جو کسی اور نے سنی نہ سنی دلہا میاں نے ضرور سن لی، ابّو ، دلہن پاشا کو دیکھو ، ابّو خدا واج دلہن لگتی سے رئیں ۔"

داماد نے اب ذرا غور سے ساس کو دیکھا ۔ انہوں نے اپنی ساس کو سولہ برس پہلے چاہے نہ دیکھا ہو ۔۔۔۔ مگر بگڑیں تو دہی ۔۔۔۔ حیا ولی کجر بھی تر نہیں بدلی تھیں سنہرا سنہرا رنگ ۔ حیدر آباد کی عام لڑکیوں کی طرح ، بلکہ ان سے بھی سوا ابلے گھنیرے بال، جھبل کٹوروں کی طرح بادامی آنکھیں ۔۔۔۔ اور اوپر سے قوسوں اور جھمکوں کی رعنائیاں ۔ کیا قیامت تھی کہ ہے ہے! پھر حویلی کا ایک جاں ماجلیں یہ تھا کہ لڑکیاں ان دنوں بھی اندر کمروں کے اندر محرم نامحرم کچھ بھی نہیں پہنتی تھیں ۔ بروہے لباس سامنے ہی ہے۔ ایسی آنچیں عدتی جوانی کو سردیوں کی اس سرنا کو بھی جب بارود

لوگوں کا ہجوم تھا۔ اسی ایک انگیٹھی کی بدولت سارا ماحول گرما گرم محسوس ہو رہا تھا۔ انہوں نے بڑی شریر نگاہوں سے ساس کو دیکھا۔ روایت اور قاعدے کے مطابق بر دکھلائے کو دراصل آنکھیں تو ساسیں پردہ کرتی ہیں۔ اس لیے اس دن وہ اپنی ساس کو نہیں دیکھ سکے تھے۔ آج دیکھا تو بس دیکھے ہی جا رہے تھے۔ دلہن پا شلمے گھبرا کر نگاہیں جھکا لیں ۔۔۔۔ حویلی کی ریت ہی یہ تھی کہ لڑکیاں نگاہ اپنے پنچی رکھیں۔ ورنہ کشتیاں کے پشتے لگ جاتے۔

اب آئینہ لایا گیا ۔۔۔ سونے کے چوکھٹے میں جڑا آئینہ جس میں پہلی بار دو لہا میاں اپنی دلہن کا منہ دیکھ کر اسے نوکھا ہار پہنانے والے تھے۔ چاندسی صورت۔ نظر آئی تو دو لہا میاں نہال ہو اٹھے ۔۔۔۔ انہوں نے خواب میں سوچا اور دیکھا ہو، تو دیکھا ہو زندگی میں تو ہرگز نہیں سوچا تھا کہ ایسی حسین اور پیاری دلہن انہیں مل بھی سکتی ہے۔ گمرہ پتے مل چکی تھی ، اور اب وہ اس پیاری صورت کی قیمت ایک نوکھے ہار سے ادا کرنے جا ہی رہے تھے کہ کسی نے ذرا ترس بھری آواز میں کہا ۔۔۔۔ "اے ماں، اتنا وزنی ہار بچاری بٹی کے گلے میں نکو ماں ابھی سے ۔۔۔ بعد میں چپ رسم ادائی کو ڈال دینا بو بو ۔۔۔ ابھی پہلے آج بہت وزن ڈالے کو بیٹھی اُنے ۔۔۔" یہ سسرال والیوں میں سے کوئی تھیں۔

بار دو لہا میاں کے لمبے کھتول میں لرز رہا تھا ۔ "پھر اس کا کیا کروں میں" وہ کچھ جھر لہن اور شرارت سے بولے ۔" اگے تمہاری ساس کے پاس رکھوا دیو جی میاں ۔۔ بعد میں سے لینا ۔۔۔ نئیں تو ان کے گلے میں ڈال دیو ۔"

دلہن پا شلمے نے گھبرا کر چاروں طرف دیکھا۔ مگر اتنے میں ذرا آگے ٹھٹک کر مسکراتے مسکراتے دو لہا میاں ان کے گلے میں نوکھا ہار پہنا چکے تھے اور اپنی فتر ب

کو رد چکے تھے، کیونکہ جب ہار کو قبولیت کا درجہ بخشنے کے لئے دلہن پاشا ذرا آگے کو جھکیں تو گہرے اودے رنگ کے ریشمی کرتے کے اندر کچھ ایسا تباہ کن منظر نظر آیا کہ انھوں نے سوچا کہ ایٹم بم یا تو ہیرو شیما پر گرا تھا یا آج مسجد غریب پر گرا ہے ہیرو شما پر تو بے شمار بم گرے ہوں گے۔ مگر یہاں تو دو ہی بموں نے زندگی تباہ و تاراج کر دی ۔ کیوں کہ اس حویلی میں ایک جان لیوا حبس یہ تھا کہ لڑکیاں اندر ۔ کرتوں کے اندر محرم و حرم کچھ بھی نہیں پہنا کرتی تھیں ۔ بس جبے سا منے ہے۔ اور ویسے بھی سچی بات تو یہ ہے کہ کس کر باندھ رکھنے کی ضرورت تو انھیں پڑے بن کا گزشت لٹکا چلا آ رہا ہو ۔۔ یہاں تو جیسے تلوار تنی ہو لے ۔۔ یہ معاملہ تھا تو محرم پہننے ان کی جوتی اب سلامی اور منہ دکھائی کا دور چلنا شروع ہوا ۔

"اس کی طرف سے سونے کے کنگن دلہن کو ۔"
"اس کی طرف سے پانچ اشرفی دو لہا پاشا کو ۔"
"اس نے گلے کی تن منی دی ۔"
"اس نے دولہا میاں کو گھڑی دیا ۔۔۔"

ارے کاہے کی سلامی اور کاہے کی منہ دکھائی ۔ وہاں تو ایک طوفان مچا ہوا تھا۔ اب وہ دم مرکز اپنا دھیان ٹپلنے کی سوچ رہے ہیں کہ جو ہماری دلہن کی نئی میں ان کا دوپٹہ کتا اچھا اور دولہے ۔ اس پر کا ملائی کتنی اچھی لگ رہی ہے۔ گرگ کا مدا! سینے ہوئے دوپٹے کو جھینٹا بولے تو کتنی مصیبت کی بات ہے ۔۔ چھینے دالیوں کے انگرکھے صرف چل گئے ہوں گے ۔۔۔ پھر اچانک وہ دل ہی دل میں اپنے آپ کو گالیاں دینے لگے ۔

"ارے جناب، یہ فضول باتیں مت سوچئے جو سوچ رہا ہے ۔"

اب اگر دہ دو دوپٹہ جچنے والی مرچی جانے تو آپ کا کباڑ کار جائیں گی ۔ اصل بات تو یہ ہے کہ آپ صرف ایک ہی بات سوچنا چاہ رہے ہیں ۔ اور خود کو اُلّو بنانے کے لیے دوسری طرف دھیان لگا ہے ہیں ۔۔۔۔ مگر میاں آپ میں اصلی اُلّو کے پٹھے ۔ آپ کو ملدانی کے دوپٹے اور کُرتے سے مطلب ؟"

کُرتے کا دھیان آتے ہی ان کے ذہن میں پھر قینچی سی چلنے لگی، ۔۔۔۔ اب دنیا میں رنگوں کی کچھ کمی ہے کیا ۔ سنہری رنگ ہی لے لو ۔ سنترے کے چھلکے جیسا کتنا اچھا لگتا ہے ۔ یا ہرا رنگ، پتّوں کے جیسا ۔ پھر ایک جامنی رنگ بھی ہوتا ہے گلابی رنگ ہوتا ہے ۔۔۔ اور کبخت یہ لال رنگ کدھر مر گیا تھا آج ؟ یہ کرتا اور کچھ نہیں اور کچھ نہیں ۔ اودے رنگ کا ہی ہونا تھا ۔ ؟ اودا رنگ اور ذرا جھک کر دیکھو تو اس کے اندر تباہیاں ، بربادیاں ،!"

ان کے باہر جتنا شور تھا ، اندر اس سے بھی کہیں زیادہ غلغلہ مچ رہا تھا اچانک دولہن پا شاگردی اور جس کے لائے بکھلاکر اُٹھ کھڑی ہوئیں ۔ "بھنی اللہ میں اپنے کمرے کو جا رہی ہوں ۔ "

ان کے کھڑے ہوتے ہی جیسے کائنات کا سارا سلسلہ اپنی جگہ جامد ہو کر رہ گیا۔

"بیگم صاحبہ آپ کا کیا بگڑ جاتا جو آج آپ یہ جان یوار دلدار اطلس کا کھنسا کھنسا پاجامہ نہ پہن لیتے ۔ ؟"

سادگی اور وہ بھی ایسی قیامت خیز ۔ یہاں سے وہاں تک محفل میں پپکی ، سلمہ ستارے ، گوٹے بیٹھی ۔ اور زیوروں کی جگمگاہٹ مٹتی تھی ، اور یہاں کیا تھا ؟ صرف ایک ادھا کرتا ۔ اود اتنگ پاجامہ اور اودا دوپٹہ لپس یہاں نہ یہاں

کا مدائی حضور دمک رہی تھی ۔ دمک کیا رہی تھی دولہا میاں کے نصیبوں پر نہیں ہنسی تھی مگر وہ تو لکھا ہار ۔۔۔؟ دو اونچے اونچے گنبدوں کے نیچے کیسا حقیر ہو کر رہ گیا تھا!

بارات کو واپس تو جانا تھا ہی نہیں کیونکہ داماد "گھر داماد" ملا تھا۔ اسی لئے گڑبڑ کے کم ہونے کے آثار نظر ہی نہ آتے تھے ۔ پتہ نہیں ایک بج گیا تھا یا دو بج گئے تھے، مگر یہاں تو نصیبوں نے ایک نہ دو لوہ رے تین بجا دیئے تھے ۔ وہ اٹھ کر چلی بھی گئیں مگر ماغ پر دبی چھائی ہوئی تھیں ۔۔۔۔ اب لا کہ دولہا میاں ادھر ادھر کی باتیں سن جانا چاہتے ہیں، مگر بعض مرد ایسے ہوتے ہیں کہ باغوں میں بھول کھلنے کا سماں بھی یاد کر ناچاہیں تو کمبخت دماغ میں ہیر دی شیما پر مبارکی کا منظر ہی یاد آتا ہے ۔

دلہن چھوٹی سی تھی، الہڑ سی تھی، نادان بھی تھی، اس لئے دلہن بے اشلنے اپنے کمرے کے برابر کا ہی کمرہ اس کے لئے چنا تھا ۔۔ کیا پتہ رات بے رات، وقت بے وقت اسے ماں کی ضرورت پڑ جائے ۔

کھانے وانے سے فارغ ہو کر حویلی میں رفتہ رفتہ سناٹا ہونے لگا ۔ جانور نرشوں پر قالینوں پر جس کو جہاں جگہ ملی، پاؤں پسار کر سو گیا ۔۔۔ کیا نوکر اینڈ اور کیا بیبیاں، ۔۔۔ سب ایک آدھ کا بوڑھی عورتیں یہاں وہاں بلا ضرورت جوان لڑکیوں کو تاڑتی جاگتی دکھائی دے رہی تھیں ۔ باقی تو سارے میں سوتا پڑ گیا تھا۔۔۔ البتہ دلہن کی سکھی سہیلیاں ڈرائنگ روم میں گھیرا باندھے بے کار کی باتوں سے اس کا دماغ کھاتے جا رہی تھیں ۔ سسرال والیاں کھا پی کر رخصت ہو چکی تھیں اور دولہا میاں اپنے کمرے میں پہنچائے گئے تھے ۔

دلہن پاشا کی نیند تو مدت ہوئے روٹھ چکی تھی، آج بھوک بھی اڑ چکی تھی۔ اکتیس
برس کا بوجھ، جو وہ بہرحال اٹھائے چلی آرہی تھیں، آج اچانک ناقابل برداشت
سا ہو گیا تھا۔ دماغ میں، دل میں بس ایک دھک کا دھکا ہوتے جا رہی تھی۔ انگلیوں
نے اپنے بے پناہ بال، جن میں آج کے دن تک ایک بھی مہر ان کرن نہیں چکی تھی ۔
جوان کے نصیبوں ہی کی طرح کالے تھے ۔ دہی بے پناہ بال کھول کر بکھرا دیے کہ سر
ذرا ہلکا محسوس ہو ۔ صبح صنوبر نے عود اور عنبر انگاروں پر ڈال کر ان کا سرٹوکری
پر رکھو اکر بال خوشبو سے بسا ئے تھے۔ بید کی ٹوکری کو تکیہ بنا کر لیٹ کر دہ بچپن سے
اپنے بال اسی طرح سکھلانے اور خوشبو سے بسانے کی عادی تھیں ۔ اب خوشبوؤں میں
بسنے کا ارمان تو کسے رہ گیا تھا۔ ہاں کبھی کبھار نہا کر جلد بال سکھانے ہوتے کہ ابر کے
مارے سردی وغیرہ نہ ہو جائے تو دہ ٹوکری سر کے نیچے سے لیتیں ۔ آج بھی خوشبوؤں
کا سمندر ان کے سر میں ٹھاٹھیں مار رہا تھا۔

بنا ہوا ۔ بنی بنائی نہ بنا سوا دو پشتہ ا نگھوں نے آمارکر رکھنے کے پاس رکھو دیا تھا بشر
شرابے سے نیچے کی فاطر انگلیوں نے دالان کی طرف کھلنے والا دروازہ بند کر لیا تھا ۔
وہ دروازہ بھی کٹرا ہوا تھا، جو ان کے اور بی بی تارا کے کمروں کو ملاتا تھا مگر اس کی
چٹخنی نہیں لگی تھی۔

اچانک انھیں خیال آیا کہ دیکھ تو لوں ۔ دلہن کے کمرے میں پاندان رکھو دیا گیا
ہے یا نہیں ۔ ان کی اپنی زندگی میں بس ایک ہی دن سنہرا تھا ۔ ا در ا یک ہی رات
رنگین ـــــــ ا در اس رنگین اور سنہرے خواب میں پاندان کا بڑا اہم رول تھا ۔ جب
نواب صاحب نے پان مانگا تھا . اور انھوں نے اپنے حنائی ہاتھوں سے لرزتے کانپتے
پان بنایا تھا ۔ اور شرماتے شرماتے نواب صاحب کے سامنے رکھا تھا . تو انھوں نے

بڑی بدمعاشی سے کہا تھا" اُنہوں نے ایسے نہیں ۔۔۔۔ اپنے ہاتھ سے کھلائیے ۔"
اور جب اُنہوں نے پان نواب صاحب کے منہ میں رکھنا چاہا تو وہ پورا ہاتھ ہی
چبا گئے ۔ بلکہ ہاتھ کیا ان کا پورا انگ انگ چبا گئے ۔۔۔۔ پھر بھی وہ رات کبھی نہ لوٹی
" اللہ نہ کرے کہ میری بیٹی کی زندگی سے وہ رات کبھی منہ موڑے ! روز
وہ رات آئے میرے اللہ ۔" اُنہوں نے دُجل دل سے سوچا اور کھڑے ہوتے
دروازے کو کھول کر برابر کے کمرے میں داخل ہو گئیں ۔
چھپر کھٹ سونے چاندی کا ملمّاں تھا ۔ اس پر سونے کے کام کی بنی مسند
تھی ،اور اس پر جو شخص بیٹھا موزے اُتار رہا تھا، وہ نہ سونے کا تھا اور نہ چاندی کا ۔
محض گوشت پوست کا ایک انسان تھا ۔ ایک جوان انسان، ایک جوان مرد ،
دلہن پاشا گھبرا سی گئیں ۔ دوپٹہ تو وہیں اُن کے سرہانے بستر پر پڑا تھا
اور وہ یہاں اپنی ساری بلندیوں اور ساری خوبصورتیوں کے ساتھ اور دے اور ے
لباس میں کھڑی قیامتوں کو دعوت دے رہی تھیں ۔
عورت بر ہم رہے تو مرد مرکز در پردہ لگتا ہے لیکن گھبرائی ہوئی عورت کو دیکھ
کر ایک مرد کو اپنے مرد ہونے کا پوری شدّت کے ساتھ احساس ہونے لگتا ہے ۔ اور یہی
وہ لمحہ ہوتا ہے جب گیہوں اللہ تعالیٰ کی پیدا کردہ ساری چیزوں میں سب سے زیادہ
لذیذ محسوس ہونے لگتا ہے ۔
دلہن پاشا کو کچھ یاد تھا کچھ نہیں ۔ سب کچھ نہیں ، کچھ ایسا کہ کسی نے شہد ٹپکاتی
آواز میں یہ کہا " آپ کے گلے میں نہ لکھا ہار کتنا خوبصورت لگتا ہے ۔" اور پھر انہیں
پھول کی پنکھڑی کی طرح ہلکا اور نازک سمجھ کر مخمل کے بستر پر بچھا دیا گیا ۔۔۔۔ اور پھر جیسے
زندگی بھر کی کلفتوں کا ازالہ ہو گیا ۔۔۔ جیسے وہ سب خواب کی باتیں تھیں کہ برف

گھول گھول کر پانی کو ٹھنڈا کیا جا رہا ہے۔۔ وہ ٹھنڈے یخ بستہ پانی سے نہا رہی ہیں اور آگ اتنی گرمی ہے کہ کم ہوتی ہی نہیں ۔۔ یہ سب ایسے ہی خواب اور جاگتے سوتے کی کیفیت لگی۔ لیکن جب صدیوں نہ انہیں برکشش آیا تو لگا کہ وقت تو جہاں کا تہاں جما ہوا ہے سامنے والا۔ بلّا گھنٹہ چار بجا رہا ہے سادہ اور لعینی بنت حوّا بنت آدم زادے کی پسلی سے لگی اسی لباس فاخرہ میں ملبوس ہیں جو قسام ازل نے اس دنیا میں بھجواتے وقت انہیں عطا کیا تھا۔

پاگلوں کی طرح وہ اٹھیں اور شیرنی کی طرح اس شخص پر ٹوٹ پڑیں جس نے ان کی سولہ سال سے مقفل عبادت گاہ کو تباہ و تاراج کر دیا تھا۔

"تم ۔ تم ۔ تم جنور ۔ تم جوان ۔ تم میری نیچی کا آنکھ اجاڑنے والے ذلیل کتے، خدا تمہیں کبھی سکھ نہیں دے گا۔ اللہ کرے تم کو کبھی کوئی خوشی نہ ملے ۔۔۔"

اور وہاں اس مرد کا دل، ذہن، ہر احساس، صرف ایک ہی بات سوچ رہا تھا۔ یہ عورت ۔۔ یہ عورت کس قدر گڑ گڑاتی جگانے والی شخصیت ہے۔ بستر پر جتنی خوبصورت لگی غصے میں تو اس سے بھی سوا ہے۔ بس کیا کروں، چبا ڈالوں کچھ کھا جاؤں ؟"

سارے دن دلہن پاشا اپنے کمرے سے نہ نکلیں۔ بی بی تارا کا کمرہ برابر میں ہی تو تھا۔ لڑکیاں، بالیاں، دلہن کی جان پر ٹوٹی پڑ رہی تھیں۔ بس ایک ہی سوال تھا "اری بتا نا کیسے رات کو کیا ہوا؟"

بی بی تارا ایسی مبہوت تجاہلی۔ اب اسے کیا پتہ کہ پہلی رات کو کچھ نہ کچھ ہونا ضروری تو نہیں ہے ۔ وہ ہنس ہنس کر بات کو ٹالے گئی ۔
عصر کے لگ بھگ دلہن پاشا اٹھیں۔ گناہ کا بوجھ انہیں اٹھنے ہی نہ دیتا

تھا۔ بوجھل دل، بوجھل ضمیر اور بوجھل پیروں سے چلتی غسل خانے گئیں۔ نہا کر زرد رنگ کا کرتا پاجامہ پہنا، دوپٹہ اوڑھا، عصر کی نماز پڑھی۔ اور ہر چند کہ عصر کی نماز کے بعد سجدے میں گرنے کی اسلام میں ممانعت ہے۔ لیکن وہ اپنے بوجھل اور گناہ گار دل کے مارے اتنی شرمندہ تھیں کہ سجدے میں گر کر ماتھا رگڑ رگڑ کر خوب روئیں۔ اتنا کہ جانماز کا اتنا حصہ آنسوؤں سے تر بتر ہوگیا۔ مگر ان کے دل کی بھڑاس نہ نکلی۔ پس ایک ہی دعا لب پہ آتے جاتی۔ " خدایا ۔ مجھے معاف کرے۔ مالک میں نے بہت بڑا گناہ کری۔ مجھے موت دے دے۔"

رات کے کھانے پر سب کا سامنا ہونا نصرہ رہی تھا۔ وہ باہر باہر آئیں تو داماد تو کیا سب ہی دیکھنے ہی رہ گئے، ملکوتی حسن زرد رنگ کے جوڑے میں اور بھی دمک رہا تھا۔ سوگوار چہرہ ہزار بناؤ سنگھار والے چہروں سے بالاتر نظر آ رہا تھا۔

داماد نے سلام کیا، مگر انداز میں بے پناہ شرمندگی اور ندامت تھی ان کا جی چاہا، سلام کے جواب میں جوتا کھینچ ماریں گر ساری دنیا دیکھ رہی تھی، اس نے محض گردن خم کرکے اپنی بڑائی ظاہر کرتا چاہی۔ لیکن کسی نے دھیرے سے جیسے کان میں کہہ دیا ہو۔ " وہ تم سے دو سال بڑا ہے۔ " انہوں نے گھبرا کر سر اٹھایا اور ادھر پھر ایک مرد اپنے آپ کو مرد محسوس کرنے لگا لیکن انہوں نے خود کو سختی سے سمجھایا۔ " او نہوں۔ انے میرا داماد ہے۔ "

ـــــــــــــ

واہ جی حضور سمجھیں، پتہ نہیں پوتی کے ساتھ دولہا میاں نے کیسا

اود ہم مستی میں ہو، اس لئے نوکرانیوں سے کہہ دیا ۔ "آج رات ہمچی آرام کریں گی ۔ نفی سی جان کو روز روز یہ آفت نہ ہو ۔
دولہا میاں کو یہ سندیسہ پہنچا دیا گیا کہ بیٹا آج گڑ بڑ نہ کرو ۔ ایکلے ایکلے آج سوؤ ۔ "

بارہ بجے ۔ ایک بجا ۔ پھر دو بجے ۔ پھر ساتھ والے کمرے سے بتی بجھانے کی آواز آئی رات والی بتی شاید ابھی جل ہی رہی تھی کیونکہ دروازوں سے نیلی نیلی روشنی چھن چھن کر آ رہی تھی ۔

پھر رات کا ایک اور پہر بیتا ۔ باغ سے موگرے چنبیلی کی سنکتی ہوائی دستکوں پر دستکیں دینے لگیں ۔ بی بی تارا دادی کی محفوظ بانہوں میں سوئی پڑی تھی ۔ سارا جگ ہی سویا پڑا تھا ۔ صرف دہی جاگ رہی تھیں ۔ لاکھ نہ چاہنے پہ بھی ایک نہ ایک بیتی گھڑی یاد آ رہی تھی ۔

سوچتے سوچتے دماغ بوجھل ہو گیا تو انہوں نے چوٹی کھول ڈالی کہ اس طرح دماغ کو اور سر کو بوجھ سے نجات ملے ۔ بال بکھرتے ہی عود عنبر کی جان بیوا خوشبو سارے میں پھیل گئی ۔

پھر دھیرے دھیرے قدم اٹھاتی وہ دروازے تک پہنچیں اور ہلکے سے دھکا دیا ۔ کوئی جیسے تاک ہی میں تھا ۔
"آپ!" دولہا میاں قریب آ کر حیرت اور خوشی سے بولے وہ بے بس سی ہو کر بولیں ۔ "آج میں پھر نو لکھا ہار پہنی ہوں ۔ "

"پان تو بنا کر دے دی، اب ہونٹاں میں ہونٹاں بھی دے دے۔"
بھولی نے سنا، مگر یوں ہی احمقوں کی طرح کھڑی ان کا منہ دیکھتی رہی
"ہم کیا بول رہے، تو سنتی نہیں کیا چھوکری؟"

پھر بھی وہ نہ سمجھ سکی ۔۔۔ یہ ٹھیک ہے کہ محل کے اندر داخل ہوتے ہوئے اس کی ماں نے کافی ہدایتیں اس کے کانوں میں انڈیل دی تھیں۔ جن کا خلاصہ کیا جا سکتا تھا اور سب یہی کہ نواب صاحب جو بھی کرنے کو بولے تو تو دہی اپج کرنا ۔ "لیکن وہ خصوصیت سے اس وقت بہت حیران تھی کہ "ہونٹوں میں ہونٹاں" کیوں بکھرے ویسے اس سے پہلے نواب صاحب اس سے جو بھی سوال کرتے رہے تھے۔ وہ بڑی ہی سعادت مندی سے ہر سوال کا جواب دیتی رہی تھی۔ جب وہ کمرے میں داخل ہوئے تھے تو ایک کونے میں قالین سے ہٹ کر ننگے فرش پر سر جھکا کر بیٹھی تھی انہوں نے اٹھ سے وہاں سے اٹھ کر دیوان میں بیٹھنے کو کہا تھا۔ تو وہ جھجکی ضرور تھی۔

کہ ایسے نغمیں گردوں والے دیوان پر کیوں کر جا چڑھے۔ لیکن "امی" نے کہہ دیا تھا۔ "نواب صاحب کا کہنا ٹالیں گی تو ٹانگاں پوٹا نگا رکھ کو چیر دیوں گی۔" اس لئے وہ بڑی متانت سے ایک کونے میں سکڑی سمٹی سہمی جا بیٹھی تھی۔ پھر نواب صاحب نے قریب آ کر ذرا مسکرا کر اس کا ہاتھ پکڑ کر پوچھا تھا "نام کیا ہے بی بی تمہارا؟"

"بچپن سے ابتک تیرے میرے گردوں کے برتن بھانڈے دھوتے جھاڑو بہاڑو کرتے اور رہنیال بند وڑی، حرام زادی جیسے خطاب سنتے سنتے جب کا سارا وقت کٹا ہو۔ اچانک اپنے آپ کو 'بی بی' جیسے خطاب کا اہل پا کر اس قدر خوش اور ساتھ ہی حیران سی رہ گئی کہ اسی لمحے اس نے فیصلہ کر لیا "ملتے اچھے بناب صاحب تو سچی جو لبے تو وہی اِچ کرنا ۔ میرے جیسی غریب چھوکری کو بی بی بول کے رہیں، تو ہم دوراں ں بہت اچھے ہو میں گے۔"

اُسے خاموش دیکھ کر نواب صاحب نے اپنا سوال دُہرایا تھا: "ہو بی بی تم اپنا نام نہیں بتاتے"

" جی ۔۔۔ بھولی۔"

نواب صاحب پر منہسی کا ایک دورہ سا پڑا۔ اتنا عجیب و غریب نام تھا کہ سے کم از اب تک توان کے کانوں سے ہو کر گزرا نہیں تھا۔ مگر اب جو اُنھوں نے غور سے دیکھا تو واقعی وہ اُنہیں اتنی بھولی نظر آئی کہ اس کے علاوہ اس کا کوئی اور نام ہو ہی نہیں سکتا ۔۔۔ ہونا بھی نہیں چاہیئے تھا۔

"کچھ پڑھی وڑھی ہے تو؟" اُنہیں پیار آیا تو "تم" سے فوراً "تُو" پر اُتر آئے۔

"ایسا اِچ معمولی سا" وہ ناک کو حفیف سا سکوڑ کر بولی۔ "بس خط پڑھے

لکھے جتنا ــ "

اپنے ماحول سے اسے مانوس کرانے کے لئے وہ خواہ مخواہ کی باتیں کئے گئے۔
" ہور کھانا پکانا آتا ؟ "
" جی ہور ــ " وہ بڑی فرمانبرداری سے بولی
" کیا کیا آتا ؟ "
" جی ــ ؟ دال ، خشکہ ، روٹی ، سب ، سالنے ، املی کا کٹ ، تلی کی
چٹنی ، ٹماٹے کا کھٹا ...... " سب غریبانہ پکوان
نواب صاحب مرنے لگے کرسب سالنوں کے نام سنتے گئے۔ پھر زچ
میں بولے " ہور شامی کباب ، قورمہ ، بریانی ، پلاؤ ، پسندے ، شمے کے پر اٹھے
یہ سوب نہیں آتا ــ ؟
وہ بڑی حیرت سے ان کے منہ کو دیکھ رہی تھی۔ جب وہ رکے تو وہ
ذرا اٹک اٹک کر بولی " مگر یہ سوب چیزاں تو گوشت سے بنتے نا ؟
وہ ہنسے " ہاں گوشت سے تو بنتے ــ مگر تیرے کو پکانے آتا تو موئیں
گانا ؟ "

اب کے پہلی بار وہ ہنسی ــ اور نواب صاحب کو ایسا لگا کہ : اس کی معصوم
اور دلکش ہنسی کی چھوٹ جو پڑی تو کمرہ جیسے اجالوں سے بھر گیا۔ وہ ہنستے ہنستے
بولی " نباب صاب ، ہمارے ہاں گوشت نہیں آتا ــ ہور جب گوشت ہی نہیں
آتا تو گوشت کے پکوان کیسے آن آئیں گے . ؟
" تو مطلب یہ کی تم لوگاں گوشت کھاتے ہی نہیں ــ "
" نہیں نہیں . ایسا تھوڑی ہے ــ ہم سال کے سال بخیر عید پر کھاتے

پاس ٹرس والے خربانی ہوتی تو حصہ بھجواتے کی نہیں۔؟"
اچانک انہوں نے موضوع بدل دیا۔ پتہ کیوں ان کا دل اس چھوکری کی غریبی کا حال سن کر بے چین ہو گیا تھا۔ وہ بڑی محبت سے بولے
"ہو ری پان بنانا آتا کی نئیں؟"
اس نے خوشی خوشی جواب دیا۔" ہو، پان بنانا تو بہت اچھے سے آتا۔ میری امی پان کھاتی ہے۔؟ وہ کام میں رہتی تو میرے کو اچ بولتی ہے" بھولی ،ذرا پان تو بنا کے نے بٹے ایک ۔؟ کبھی کبھی تو میں خود بھی کھا لیتوں تو امی بہت ڈانتی ۔ پن آج تو میرے کو امی خود کھلا ئے کوئی ۔ یہ دیکھٹے۔"
اور اس نے اپنے سرخ انگارے جیسے مونٹ نواب صاحب کو گھوم کر دکھائے تو وہ خود بھی انگاروں کی طرح دیکھ اٹھے۔
ایک زور دار پان ۔" انہوں نے ٹوٹے ٹوٹے لہجے میں سمجھایا۔
شراب کباب ۔ پھر مرغن کھانوں، تر تراتے میٹھوں سے نپٹ کر وہ سیدھے اسی کمرے میں چلے آتے تھے، جہاں روز ان کی سیج پر ایک نئی اور کوری جا ملائی کی طرح سل سل کرتی اٹ اٹ کی موجود ہوتی۔
میٹھے میں شکر زیادہ تھی ،حلق تک چلا آ رہا تھا۔ ایسے میں پان کی شدید ضرورت محسوس ہو رہی تھی۔
بھولی نے پان بنا کر دیا تو اپنے ہونٹوں سمیت ان کے قریب چلی آئی تھی
— وہ تپ رہے تھے۔
" انگلیوں میں پکڑ کر پان تو ماوٴاں بہنا کبھی کھلا سکتے ۔" وہ ایک گرم سی سنسنی ہنسے۔

"یہ ہونٹاں کس کے واسطے ہیں؟ پان تو بنا کو دے دی ــــ اب ہونٹوں میں ہونٹاں بھی سے دے۔"

جالی دار کھڑکی کے نیچے اُدھر کھڑی امنی منتظر رہی کہ اب بوسوں کی پٹا پٹ شروع ہوگی، مگر معلوم ہوتا تھا کہ بھولی یا تو کچھ سمجھ نہیں رہی ہے یا شرما رہی ہے ــــ وہ اندر ہی اندر کھول رہی تھی ــــ۔ "اب یہ اپنے چھنال بے مضمول کی شرم کے کو بیٹھ گئی تو بھلا نباب صاب کاہے کو انعام اکرام دیتے پھریں گے؟ ہو رہ وخت تو پھر یہ بار بار آنے والا نہیں ــــ موتی کی آب ایک بار اُتری سو اُتری دے تو کہو رانڈی کی خسمت بھی کہ محفل کھلائی تکے داسطے کنبوں کی نظر میں وہ نیچ گئی نہیں تو ایسے ایسے ترکتے کنتے چھوکریاں حیدرآباد میں پڑے مٹر شے ہو میں گے۔" اسنی نے دم میں بیٹھے بیٹھے اپنے آپ میں گم کو سامیتی شروع کردی۔

"آگ لگے چھنال کی شرم کو ــــ پہلے اپچ جتا کو اندر بھجوائی تھی کہ شرمانا ورمانا مت ــــ جو بھی بولے سو کرنا۔ کری بھی بات کو نکو نکو کت مت کرنا۔ آخر دس روپے خرچہ کرا سو آدی کچھ تو مانگے گا ــــ اب یہ مونڈی کئی۔ ......"
مگر خوش بختی سے نقاشے کی طرح آخر وہ چوٹ پڑ ہی گئی۔ بڑھیا نے دو نوں ہاتھ اوپر اٹھائے۔ "مالک تیری دین کے سو طریقے ہیں ــــ شکر ہے۔"

ان ہونٹوں کا سارا رس جیسے ان کے جسم میں پھیل گیا۔ انہوں نے سر شار ہو کر کہا "لے اب یہ سوپ کپڑے اتارے۔"
اس نے منہ پھیر کر ایک ایک کرکے سب کپڑے اتارنے شروع کر دیئے۔

اوپر سے جو بھی تھی سوتھی، اندر سے تو سنگ مرمر کا مجسمہ نکل آیا ہو۔ جیسے وہ نبی لمبی ہانپتی کانپتی سانسیں لے کر بولے "اب اوپر آجا۔"
اس نے مارے شرم کے اپنے کھلے بال دو حصوں میں سامنے کر کے اپنی عریانی ڈھانپنے کی ناکام سی کوشش کی۔

وہ اٹھے، اُسے اپنے قریب کیا۔ خوبصورت نوخیز مرمریں اُبھاروں کو اپنے دونوں ہاتھوں میں لے کر اُنہیں ایک دوسرے سے قریب کر کے اِن دونوں کے بیچ میں اپنی ناک رکھ دی۔

"ہا!" زور سے سونگھ کر اُنھوں نے کہا۔ "خدا کی قسم، تو بالکل کوری اور کنواری ہے۔ ہم نوی چھوکری اور نوسے کپڑے کی خوشبو سونگھ کر ہی بتا سکتے ہیں کہ یہ استعمال شدہ ہے کہ نہ۔"

اُن کے ہاتھوں کے لمس سے اس کے کنوارے جسم پر چھوٹے چھوٹے رویں اُبھر آئے۔۔۔ وہ بہرحال ایک سولہ سال کی لڑکی تھی۔ پاکباز ہی سہی، لیکن جب ان حالات سے دوچار ہو نا پڑے تو اتنی عقل تو آہی جاتی ہے۔ جو یہ سمجھ سکے کہ اب کیا ہونے والا ہے۔ کیونکہ بہرحال اس کی امی کو پیشگی دس روپے لے جا چکے تھے اور دنیا میں کوئی کسی کو یوں ہی پیسے نہیں دیا کرتا۔۔۔ ویسے یہ کابلے پناہ حسن اور خدا کی مہربانی ہی تھی کہ اسے دس روپے دیئے گئے۔ درنہ قفل کھلائی کی رسم کے دُو روپے تو بندھے ہوئے تھے۔

_____

نواب صاحب اُسے اس قدر دبوچ کر گہری نیند سو رہے تھے کہ وہ ہل جل بھی نہیں سکتی تھی۔ اُترتی رات میں اُن کی نیند کچھ ملکی پڑی نو اسے بھی سکون سے

سانس لینا الغیب ہوا۔ نواب صاحب کے برابر سونا اُسے کچھ عجیب سا لگا۔ چاہا کہ اُٹھ جائے۔ سو جانا ناممکن ہو جائیں گے۔ اتنے تبڑے نواب ہیں۔ کھڑے کھڑے مر دیا تو ---؟ زندگی تو ہر حال میں پیاری ہوتی ہے۔ غریبی سے ہی سہی زندگی، زندگی ہے۔ وہ پائنتی کی طرف لیٹ گئی، نیند تو کانٹوں پر بھی آجاتی ہے --- وہ تو پائنتی تھی - پائنتی بھی کس کی اور کیسی؟ نواب صمدیار جنگ کی ۔ مخمل کی اور ریشم کی ۔ وہ وہیں سو گئی ۔

صبح صبح نیند کے زور میں نواب صاحب نے ایسی زور کی لات ماری کہ وہ پیٹ سے نیچے جا گری ۔ بو کھلا کر دیکھا تو سورج نکل آیا تھا اور وہ بالکل ننگی تھی۔ اس نے لپک کر اپنے کپڑے اُٹھانے چاہے۔ سامنے قد آدم آئینہ تھا ۔ خوبصورت اور بے مثال تخما بیں تخما پیہم پر پیہاں دہاں نیل، چٹکیوں کے نشان گردن سے نیچے --- اور نیچے --- اور نیچے --- دانتوں کے نشان جڑا بھریں کتنئی رنگ اختیار کر چلے تھے ۔ جیسے کتے کچے گوشت کو کھنچ پھوڑتے ہیں ۔

اس نے ڈر ڈر کر، پلٹ پلٹ کر سوئے ہوئے نواب کو دیکھتے ہوئے محرم کرتا، پاجامہ سب چڑھایا ۔ دوپٹہ اوڑھا ۔ اور بہولے سے دروازہ کھول کر باہر نکل گئی ۔

دیوار سے لگی بڑھیا اونگھتے اونگھتے چونکی اور اپنی بجی کو پہچان کر بیکی ہوئی آئی ۔

"کچھ انعام ملا کی نیٹ، بھولی ۔ کیوں کی سبھی لوگاں بولتے کی نواب صاحب بہوت بھی بہوت غریب پرور ہیں ۔ ؟"

دہ پیسے کے کونے میں بندھے ہوئے' رات نواب صاحب کے دئے ہوئے پانچ روپے کھن کھنا رہے تھے ۔ اس نے کونا ماں کی طرف بڑھا دیا اور زخمی آواز میں بولی" ہو امی نباب صاحب بہت دل والے ہیں ۔ بہت رحم والے ہیں ۔"

صبح کو ناشتے میں شامی کباب اور سارے لوازم دیکھ کر اچانک نواب صاحب کو رات والی لڑکی یاد آ گئی ۔ انہوں نے اپنے معتمد خاص کو بلایا اور ذرا فکرمند لہجے میں پوچھا ۔" رات کو جو چھوکری محل کوٹھی تھی وہ کاں رہتی ۔ ؟"

معتمد خاص ٹھٹر بڑا گیا ۔ نواب صاحب کے بارے میں مشہور تھا کہ وہ ایک بار جو بھی چیز استعمال کرلیں ۔ چاہے وہ لڑکی ہو یا جوتی ، کپڑا ہو یا موتی ، دوبارہ ہرگز استعمال نہیں کرتے ۔۔۔ تو پھر آج یہ گزری ہوئی رات کے سلسلے کے پیچھے لپکنا کیسا ؟ ذرا رکتے ڈرتے اس نے جواب دیا "جی حضور ۔۔۔ وہ چار مینار سے کچھ آگے کوٹھا عالی جاہ ہے نا ، اسی کے غریب اس کا گھر ہوتا ۔"

گوشت کے پکوان اور شامی کباب ان کے حلق میں اٹک کے رہے تھے ۔ انہوں نے ناشتے سے ہاتھ کھینچ لیا ۔ اٹھتے ہوئے بولے ۔" ڈرائیور سے بولو کی گاڑی نکالو ذرا ۔" اور سیدھے زنان خانے کی طرف لپکے ۔

بی اماں چاندی کی بینگڑی پر چاندی کا پاندان کھولے اپنی رعیت میں گھری بیٹھی تھیں ۔ سرکار کو آتا دیکھا تو ساری رعیت چھٹ گئی ۔ نواب جا کر ماں کے گلے کا ہار ہو گئے ۔ بی اماں بیٹی حیران کے بے بات آج یہ پیار کیوں پھٹا پڑ رہا ہے ۔ الگ ہو کر دعائیں دیتے ہوئے بولیں ۔

" خدا خیر کرو آج یہ ہاتھاں میرے گلے کا ہار کائے کو ہو گئیں ؟"
" اماں جان" انہوں نے ہنس کر کہا" ہم ایک لڑکی پسند کر لئے ۔ آپ کی

اجازت ہو تو شادی بھی ہو جائے۔

بی اماں کو ایک دم اکدم غصہ آ گیا۔ "میاں بن ناچ کو بیراجی نکو جلاؤ۔ اتّا بول بول کے یہ عمر کر لئے۔ جائیں سے اد پر ہی ہوئیں گے مَت ہیں۔ تمہارے عمر والے تو ناتی نواسوں والے بن بن کر گئے اور تم لپس بیبے کو جلا لیتے ہی بیٹھے۔"

بی اماں مذاق ہی سمجھ رہی تھیں۔

"نہیں اماں جانی، ہم سچی بول رہے ہیں۔ آپ خود دیکھیں گے تربیتہ چلیں گی کتنی اچھی لڑکی ہے۔ لپس یہ ہے کہ ذرا کم پڑھی لکھی ہے۔ ہم در ذرا غریب گھر کی ہے۔"

بی اماں کے چہرے پر ذرا سے یقین کی پرچھائیں اُبھری، دل کی خوشی کو چہرے پر آنے سے روک نہ سکیں مسکرا کر کہنے لگیں۔ "ارے میاں ہمنا کون سے بہو کو نوکریاں کرانا ہے کی اس کو بہت تعلیم ہونا۔ خط لکھی پڑھی بولیں ہے ہور غریبن کی بات ترہ ہے میاں کہ ہم کو اللہ اتّا دیا۔ ثواب بیٹی دالن کی غریبی کا کیا غم؟ اتّا ہے کہ لپس عزت دار لوگاں ہو نا۔"

عزت! نواب صاحب کو پیچھتا دے ۔۔ کے ساتھ گزرے دو دو باراتوں کا خیال آیا۔ وہ کلی جو اُن کے اپنے آنگن میں جھولی بن بیٹھی، کیا اس کی پاکیزگی اُس کا بھولپن کسی اور ثبوت کا محتاج تھا؟ وہ ذرا غم ناک سی مسکراہٹ کے ساتھ بولے۔ "اماں جانی وہ لوگاں تو اتنے عزت والے اور اتنے پاکیزہ اور بھو سے ہیں ۔۔۔۔۔ کہ فرشتے بھی ان کے دامن لپ ناز بڑھیے میں اپنی بڑائی سمجھنا۔ تبعیر میں نمازیں کے تیار یا پاؤں سڑوع کر دا دیوں۔" بی اماں خوشی کو دبائے بڑ بڑاتے بولیں۔

"جی ہو ۔" اٹھتے اٹھتے انہوں نے سعادت مندی سے کہا ۔ اور دل ہی دل میں سوچنے لگے۔ "دس روپے پیشگی اور پانچ روپے بخشش کے ۔ اُن پندرہ روپوں کا کفارہ لیں اسی طرح ہو سکتا ہے کہ مہر پندرہ لاکھ بندھوالیں ۔

موٹر میں بیٹھنے سے پہلے انُھیں کچھ خیال آیا تو وہ پھر اُلٹے پاوؑں بی اماں کے پاس آئے۔

" ایک بات سننے اماں جانی ۔ شادی بھر جتنے بھی پکوان کریں گے ، سب گوشت کے ہوئیں گے۔

بی اماں نے ان کے چہرے کو ذرا حیرت سے دیکھا اور کہا "اُئی میاں ، نئے گوشت کے اتنے بھی شوقین کب سے ہو گئے . ؟"

وہ منہ سے کچھ نہ بولے ۔ مگر ایک میٹھی سی مسکراہٹ نے ان کے بوسے چہرے کو چاند کی طرح روشن کر دیا۔

لڑکی بازار

حیدرآباد دکن کی ایک جگمگاتی صبح تھی۔ آفتاب ابھی کچھ نکلا تھا کچھ چھپا تھا۔ اسی دم باغ شاہی سے ایک ڈھنڈورچی، سفید کڑک پاجامہ، سفید ململ کا کرتا پہنے، ترچھی ٹوپی لگائے، سلیم شاہی جوتیاں پہنے بڑی فصیح و بلیغ زبان میں ڈھنڈورا پیٹتا ہوا نکلا ..

"لڑکیوں والی ماؤں سے استدعا ہے کہ کل بروز جمعہ بعد نمازِ عصر، حسبِ سابق۔ اپنی اپنی بیٹیوں کو بہ صد ارکان خصوصی لباس اور پُر تکلف آرائش و زیبائش کے ساتھ باغ شاہی میں منعقد ہونے والے مینا بازار میں لے کر موجود ہو جائیں۔ باغ شاہی میں داخلے کی کوئی رقم نہیں ہے ۔۔۔ بگھیاں، تنگے، اکہ رکشا، جو جو بھی بیبیوں کو لائیں گے کرایہ باغ شاہی سے وصول پائیں گے۔ اس طرح ماؤں کو یہ اطلاع دی جاتی ہے کہ کل کی شاہی سیرگاہیں بالکل مفت بڑے گی ۔۔۔ ٹن ٹن ۔ ٹن ٹن ۔ ٹن ٹن ۔
حیدر حیدر حیدر سے ڈھنڈورچی ڈھنڈورا پیٹتا گزر ا اور ڈوں کے پیچھے ہٹتے گئے۔

"کل کی شاہی سیر انفین بالکل مفت پڑے گی۔ اس بالکل مفت نے ماؤں کی آنکھوں سے آنسوؤں کے جھرنے ابلوا دیئے۔ پہلے ماں باپ شاہی باغ میں داخلے کی کوئی رقم نہ ہوگی جیسے ٹکٹ امام یا ٹھہ رکشا۔ نہ آپ سوار ہو کر جا ئیں گی، نہ کرایہ تک حبیب یا جنگ ادا کریں گے۔ سیر سپاٹا کرنے میں جو بھی چیز آپ کو پسند آجائے گی۔ آپ سے مفت ہی لے بھی سکیں گی۔ لیکن اس مفت کے بدلے انہیں جو کچھ دینا ہوگا۔ وہ کوئی بھی ماں منہی خوشی کبھی دے بھی سکی ہے؟ لیکن نئے بناجارہ بھی کیا تھا؟ یہاں اس نے یہاں سے ہر گھر سے گھٹی گھٹی چیخوں اور آہوں نے اس جگمگاتی صبح کو کجلا کر رکھ دیا۔"

سر شام فانوس کی روشنی میں حبیب نور محل جھوم جھوم اٹھا تو حبیب یا رجنگ اپنی ٹری سی تو ند سنبھالے اپنی مخصوص جاں سے چلتے نرم نرم دیوان پر کر بیٹھ گئے جس پر کا مسند بچھی ہوئی تھی۔ گاؤ تکیہ ان کی پیٹھ کے بوجھ سے نیچے سے اوپر کر اُبھر آیا تھا۔ سونے کا سلمہ چاندی کے تارسے چہرہ رہ رہ کر جگمگا اٹھنے لگے۔ خادم نے بڑے ادب سے ان کے آگے موٹے کی کشتی میں نارنجی رنگ کی انگریزی شراب کی بوتل اور کٹ گلاس کے چھلکتے جام لا کر رکھے۔ (کہ حضرت کا کہنا تھا کہ شراب تو جب شیشے ہی سے مزہ دیتی ہے۔ یہ بھی کوئی بات ہے کا حرید رہتے کہ جیسے موٹکے پیالے میں پی جائے۔)

قریبی مسجد سے اذان کی آواز بلند ہوتے ہی ایک طرار سی خادمہ دم تلے ہوئے سرخ سرخ کباووں کا طشت اٹھائے لچکتی بل کھاتی آئی اور سی حرام زادگی سے مٹکتی ہوئی چلی گئی۔ افطار کی بینت ٹرپ کر نواب صاحب نے شراب سے روزہ کھولا۔ اور تالی بجا کر ایک خادم کو طلب کیا۔ خادم تقریباً دہرا ہو کر آیا۔ اس نے نواب صاحب کو سر اٹھا کر دیکھا ہی نہیں کہ ان کے چہرے کا نیض و غضب دیکھ پاتا اس لئے جب ٹوک

آواز میں نواب صاحب نے پوچھا "ہو جناب وہ مرزا صاحب کہاں مر گئیں۔" تو وہ یونہی کا بنتا ہوا بولا۔ "دیکھتا ہوں سرکار۔۔۔ ابھی گیا کی ابھی آیا۔"
یہ نواب صاحب کے غصے کی انتہا ہوتی تھی کہ وہ کسی ذکر کو جناب کہہ کر مخاطب کریں۔

مرزا صاحب بھی تقریباً اسی انداز سے محل میں وارد ہوئے۔ لیکن نواب صاحب کے مخاطب کرنے پر انہوں نے البتہ نفوں نے ان کے چہرے کو دیکھنے کی سعادت ضرور حاصل کی۔

"خادم حاضر ہے۔"

"حاضر ہے تو کیا میں جاٹوں خادم کر؟ حضرت میں آپ سے صبح ہی بولا تھا نہ دن بھر کے ردنے کے بعد شام تک میرا مزاج بہت گرم ہو جاتا ہے پر آپ کو تو کچھ یاد ہی نہیں رہتا۔"

مرزا صاحب نے جوڑے ہونے ہاتھ سر اسیمہ ہو کر ایک بار کھول کر پھر باندھ لئے۔ وہ اب تک بھی سمجھ نہ پائے تھے کہ ان سے کیا خطا سرزد ہو گئی ہے۔ نواب صاحب خود ہی جھنجھلا پڑے۔ "میں آپ سے بولا تھا کہ پچھلے سال میں جتنی بھی شادیاں کیا تھا نہ ان سبھی کو آج رات میں طلاق دینا ہے۔ سو آپ وہ ناموں کی فہرست تیار کرے کیا نئیں؟"

مرزا صاحب کے دم میں دم آ گیا۔ "جی بندہ پرور وہ تو میں دو پہر میں ہی پوری کر لیا۔"

"تو وہ آپ میرے کو لا کر دیجئے۔ میں تراویح کی نماز کے بعد سب کو بلا کر طلاق سے دوں گا۔"

"بہت بہتر پرندہ پرور...."

"پرندہ پرندہ...." نواب صاحب گرجے ۔ پھر انہوں نے شراب کا ایک گھونٹ بھرا اور کچھ نرم پڑ کر بولے "پر کیا؟"

"وہ حضور چند بیگمات ابھی سے بھی ہیں۔"

"تو اسی لئے تو طلاق دینا ہے کہ ہمیں شبہ ہے یہ نیچے ہمارے نہیں۔ بدچلن عورتوں سے کوئی کیسے نباہ کر سکتا ہے؟ قرآن شریف میں آیا ہے کہ جب مصالحت اور معاملت کی کوئی شکل باقی نہ رہ جائے تو طلاق جائز ہے۔"

مرزا صاحب نے دُبدھے کے ساتھ نواب صاحب پر نگاہ ڈالی۔ مرزا صاحب تھے تو نوکر، مگر نواب صاحب کی ناک کے بال بھی تھے۔ چونکہ معمر بھی تھے، اس لئے غصہ تیار کرنے کے باوجود نواب صاحب ان کی عزت کیا کرتے تھے۔ اور ان کی اکثر باتیں مان بھی جایا کرتے تھے۔ اور نہ مانتے تو کرتے بھی کیا؟ ان کی پرائیویٹ زندگی تقریباً ان ہی کے ہاتھ میں تھی۔

نماز تراویح کی نماز با جماعت ادا کرنے کے بعد نواب صاحب نے با جماعت اپنی کمسن بیویوں کو طلب کیا۔ ننھی منی لڑکیاں جنہوں نے کوئی رنج اونچ نہ دیکھی تھی، جن میں سے کسی نے پاکی کا پہلا غسل بھی اسی محل میں آ کر لیا تھا۔ جن کے چہروں پر بچکسی کی پرچھائیاں لرز رہی تھیں۔ لائن سے آ کر کھڑی ہو گئیں۔ نواب صاحب نے ایسی اجنبی نظریں ان چہروں پر ڈالیں جیسے کبھی ان سے کوئی شناسائی نہ رہی ہو۔ مرزا صاحب فہرست ہاتھ میں لئے کھڑے تھے۔ نواب صاحب کے اشارے پر انہوں نے نام پڑھنے شروع کر دیئے۔

عائشہ بیگم ۔ عمر نو برس

("میری نوخیز جوانی کا رس پہلے پہل آپ نے چوسا، میری اولین بہار کے پھول آپ نے چُنے اور آج آپ کو طلاق دیتے ہوئے میرا نام تک یاد نہیں آتا!") لیکن بھولے بھالے چہرے کی ایسی کوئی ان کہی تحریر نواب کی آنکھ سے نہ پڑھی گئی ۔ انہوں نے بے حس آواز سے فرمایا ۔ "عائشہ بیگم ہم آپ کو تین بار طلاق دے کر اپنے عقد (عقد) سے باہر کرتے ہیں ۔" اور انہوں نے ایک کاغذ دان کے ہاتھوں میں پکڑا دیا اور گویا ہوئے : مگر آپ کو تا زندگی ہماری جاگیر سے دس روپے ماہ نہ آپ کے نان نفقے یعنی آپ کی گزر بسر کا، اوریاں بچہ کوئی جیا بچا ناس کی پرورش کو ملتے رہیں گے۔ حالانکہ ہم کو شک ہے کہ آپ کے بطن میں ہمارا بچہ ہے۔ اپنے اپنے ظرف اور خات (اوقات) کی بات ہے ۔۔۔ ہم سے ایک سال میں کوئی بھول چوک ہوئی ہو تو ہم خود معافی مانگ لیتے، مگر ہم کو معلوم ہے کہ اس محل میں آپ کو کوئی دکھ نہیں پہنچا ۔۔ خدا حافظ ۔"

سلیمہ بیگم ۔ عمر ۱۴ سال
رشیدہ زمانی ۔ عمر ۱۵ سال
قمر سلطانہ ۔ عمر ۱۶ سال
پیاری بی ۔ عمر ۱۳ سال

مبارک بیگم ۔ زہرہ بی بی ۔ ناظرہ بیگم ۔ ثریا ۔ نشاط آراء
۔۔۔۔ مرزا صاحب نام پکارتے گئے اور نواب صاحب سب کے ہاتھوں میں ان ہی بندھے تلے جملوں کے ساتھ طلاق نامے پکڑاتے گئے۔ کسی کی عمر ۱۶ سال سے زیادہ نہ تھی ۔ کوئی چہرہ پھول سے کم نہ تھا ۔ کوئی نگاہ ایسی نہ تھی جس میں فریاد نہ ہو۔ کوئی لب ایسا نہ تھا کہ داد رسی کے لئے دراز ہونا چاہتا ہو ۔ لیکن کسی میں اتنی

ہمت نہ ہوتی کہ آنکھ اٹھا کر بات کرنے کا بھی حوصلہ ہوتا کہ یہی اس محل کا قانون تھا نفوذ۔ بہت چھوٹا کر تقریباً بلاد حیدر آباد حبیب یار جنگ کی جاگیر میں شامل تھا۔ ان کی جاگیریں کوئی بدل چلنے کو کھڑا ہوتا تو ادھر کا سورج ادھر ہو جاتا مگر وہ سلطنت ختم نہ ہوتی۔ ان کے بڑوں نے شاہوں کا دل جیتا تھا، اس کے صلے میں جاگیریں اتنی بخشی گئیں، اتنی بخشی گئیں کہ پھر ان کے نام تک یاد نہ رہے قدم قدم پر ان کے بڑوں کی تعمیر کردہ کوٹھیاں حویلیاں اور ڈیوڑھیاں تھیں۔ اور ان سے متصل نوکر خانے۔ پھر یہ تھا کہ جہاں جہاں ان کی حکومت بڑھتی گئی وہ جھونپڑے بھی جہاں آباد کرتے گئے۔ حبیب یار جنگ کے دادا حیدر آباد کے تاجدار کے ناک کے بال تھے۔ انہوں نے، کہتے ہیں اپنا محل تاجدار دکن کی مرضی سے ہی (اجوری سے نہیں) اس طرح بھرا تھا کہ عام طور سے ڈیوڑھیوں میں، آہنی پھاٹک سے لے کر مردانی بیٹھک تک ڈرائیو سے کے آر بازو جو سرخ کنکری والی بجری بچھی ہوتی ہے۔ ہر جگہ ان کے محل میں دو روبہ موتی، مونگے، ہیرے جواہر بچھے ہوتے تھے۔ جن کو چرانے کی کسی میں کیا ہمت ہوتی، بری نظر ڈالنے والے کا شبہ ہوتے ہی کوڑوں سے مار مار کر بھرتا نکال لیا جاتا۔

جتنی بھی ڈیوڑھیاں، کوٹھیاں اور حویلیاں تھیں وہ سب حبیب یار جنگ نے کرائے پر اٹھا دی تھیں، کیونکہ دھندار خالی پڑے ہوئے تھے۔ اور کوئی مصرف ان کا نظر نہ آتا تھا۔ پھر یہ تھا کہ جتنے بھی کرایہ دار تھے سب اُنہیں جاگیر کے ملازم انہی کی رعیت۔ جنہیں سر اٹھانے کی مہلت صرف خدا کے سامنے تھی کہ آسمان کو دیکھیں اور زبینی بندہ بمو کا شکرہ کریں۔ نواب صاحب کے روبرو

تو ان کے سر صرف جھکنا ہی جانتے تھے۔

مہتاب نے زندگی گوسے سے لپٹا جوڑا اٹھا کر در پر پھینک دیا اور چلا کر بولی: "میں کہیں نہیں جاؤں گی امی۔"

"نہیں جائیں گی تو ہم موت مریں گی۔ کیا تیرے کو معلوم نہیں اس علاقے میں بسنے والیوں کو اس سالانہ جلسے میں شامل ہو تلخ پڑتا ہے ہے؟"۔

"میرے کو سب معلوم ہے، یہ بھی معلوم ہے کہ اس بازار میں جانے کا مطلب ہے اپنی زندگی کی خوشیاں اپنے آپ پر حرام کر لو۔"

مہتاب کو ٹلہ عالی جاہ کی دہم جماعت کی ہونہار طالبہ تھی اور اپنی عمر سے کہیں زیادہ سوجھ بوجھ رکھتی تھی۔

سکینہ بیگم نے رحم بھری نگاہوں سے بیٹی کو دیکھا
"اتنی سمجھ دار ہو کر بھی تو کیوں ایسے ناسمجھی کے باتاں کرتی؟ تابی میری سمجھ میں نہیں آتا۔"

"تا بی ٹھیاں تان کر چلائی؟ اتنی آپ کو معلوم نہیں کی میری شادی ہو چکی؟" سکینہ بیگم نے اس کے منہ پر اپنا ہاتھ رکھ دیا۔ "ارے نیک بختی ذرا آہستہ بول، کوئی سن لیا تو نئی مصیبت کھڑی ہو جائیں گی۔"

تابی نے زبردستی ان کا ہاتھ منہ پر سے ہٹا کر اسی ڈھٹائی سے کہا۔ "اور غلب صاحب کبھی میرے کو پسند کر لیٹے تو اس کا مطلب یہ ہوا کہ میں انہوں کے حرم میں زبردستی داخل کر لی جاؤں گی، اور ایک بیاہتا دلہن ہو کر دوسرے کی دلہن کیسے بنوں گی۔ ویسے آپ تو برسے مذہبی بنتے نا امی۔ مگر اب کیوں سلو چپ گئیں بھلا یہ کوئی مسئلہ ہے کہ دو دو مردوں کی ایک بیوی؟"

"مگر بیٹا میرے کو یہ بتا اپنے نہیں جائیں گے تو کیا بیچ سکیں گے۔ بیٹیاں تو ہر گھر کی ٹوہ لینے کو پھرتیاں ہیں کبھی نواب صاحب کو پتہ چل گیا کہ مراد میاں کی بیوہ ایسا اندھیر کرتی ہے کہ جوان بیٹی ہوتے سامنے مینا بازار کو نیئں لائیں تو اپن تو بن موتا مر جائیں گے۔"

"ویسے بھی یہ زندگی بڑی اچھی ہے کیا کہ دوسروں کا مونہہ دیکھ دیکھ کر بات کرو۔ میں تو آج سوچ چلے کو بیٹھی ہوں کہ جاؤ نچ نیئں ۔"

سکینہ بیگم سخت بے زار ہو بیٹھیں۔ ان کی عقل سے ہر شے بالاتر ہو رہی تھی کوئی مصیبت سی مصیبت تھی؟ اصل قیامت تو یہ تھی کہ مہتاب جو کہ ملہ عالی جاہ کی اکیسے ہیں اور ہو نہار طالبہ تھی اور صرت سے کچھ زیادہ ہی نڈر اور بے باک اس نے سکینہ بیگم کو بارہ محبت سے رام کر کے گذشتہ سال ہی ڈکیبل بھی اس کے چہرے کا چاند چمکا ہی تھا چپ چپاتے اپنے خالہ زاد بھائی طاہر سے شادی رچا لی تھی۔ یہ شادی عرف کے مرتبہ پر ہوئی تھی جب اطراف کی کٹر بازی میں لوگوں کو پاس پڑوس میں تانگ جھانک کا ذرا کم یاد دھیان آتا ہے۔ اور ویسے بھی اگر کسی گھر میں ایک تانگے میں لدکر چار پانچ آدمی ایک آدھ قاضی کو بٹھا کر لے آئیں تو یہ ایسی سنسنی خیز بات نہیں ہے کہ سب کی توجہ بٹ جائے۔ موٹر ہوتی تو الگ بات تھی۔ مگر شکلام اور ٹانگہ کر تو بڑی معمولی سی بات ہے! مہتاب تو جا ہتی رہی کہ کسی طرح بلدہ چھوڑ کر بھی نکل ہو جائے۔ لیکن ایک بڑی مصیبت یہ تھی کہ گذرے سال نواب صاحب کی مقرر کی ہوئی کٹنیاں، لڑکیوں والے گھروں کی ٹوہ لیتی، پھرتی ہیں اور ایسے میں کسی کا شفٹ کر جانا ممکن ہی نہیں تھا۔ سفر حضر کے سینے بھی ایک مرحلہ سر کرنا پڑتا تھا۔ اور خاص طور سے ان بے کس خواتین کے لئے

جو نواب صاحب کی عمل داری میں رہتی نہیں۔ جن کے خاوند کبھی نواب صاحب کے ملازم تھے اور جو برے وقتوں کے ہاتھوں بیوگی کی زندگی گزار رہی ہوتیں۔ سکینہ بیگم ان ہی میں سے ایک تھیں۔ طاہر نے ایک بار یہ تجویز پیش بھی کی تھی کہ چپ چپاتے نکل جائیں۔ اللہ کی اتنی بڑی دنیا میں کون کسے پہچاننے چلا ہے۔ لیکن سکینہ بیگم لرز گئی تھیں۔ وہ جانتی تھیں کہ نواب صاحب کے ہاتھ بہت لمبے ہیں۔ کہیں بھی کہیں سے کھوج نکلوا ئیں گے۔ اور جدی چکاری کے غلط سلط الزام میں اس طرح دھنسوا دیں گے کہ ساری عمر چکی چلاتے گزر جائے گی۔ وہ اپنا بڑھاپا خراب نہیں کرنا چاہتی تھیں۔ وہ صبح سے مر مر کر مہتاب سے یہی کہہ رہی تھیں کہ بس ذرا ایک گوٹے زری کا جوڑا پہن ڈال۔ بھلے سے ساج سنگار مت کر۔ ایسی کون سی حور پری ہے کہ نواب صاحب دیکھ ہی جائیں گے۔ سانولی سلونی صورت تو ہے۔ ہتھیلی بھر تیل لے کر سر میں پھر ڈال۔ ایسی اتری دال ایسی صورت دیکھ کر کیا آپے سے باہر ہوں گے۔؟ بس ذرا راہ داری سے گزرتے تک کی تو بات ہے۔ دیوانی بازار کے دن نواب اپنی گدی والی زر کار آرام کرسی عین داخلے والی راہداری میں رکھواتے تھے تاکہ بانکے شاہی میں داخل ہوتے ہی ہر صورت ان کے سامنے آجاتے اور فیصلے میں آسانی ہو کہ جسے اس لائن پسند آیا نہیں یا اسے زینت حرم بنایا جائے۔ اور مہتاب کے غصے کا تو یہ عالم تھا کہ نواب صاحب کے یہاں سے بجوایا ہوا گوٹے کناری کا جوڑا اس نے دور پٹخ کر پھینک دیا۔ اور اس بات کو کہ سہنے کے موڈ میں بالکل نہیں تھی کہ معلا نیور نے کس صفائی اور نفاست سے ایسے کتنے سارے جوڑے تیار کئے ہوں گے۔ اور حساب کی ماہر طالبہ ہوتے ہوتے یہ تک کہ جوڑے کو تیار نہ تھی ایسے ایک جوڑے پر اندازاً کتنی لاگت آتی ہے گی۔

مگر جو بات ہونی تھی وہ ہو کر رہی۔ مہتاب لاکھ سانولی سلونی تھی تیل سے چپڑی ہوئی تھی۔ لیکن نواب صاحب کی آنکھ بھی میرے پرکھنے میں کچھ کم پارکھ نہ تھی، وہ سمجھ گئے کہ اس سانولی بدلی کے پیچھے کون سا چاند چھپک رہا ہے انہوں نے تو سکینہ بیگم کو روک کر پیغام ٹھونک ہی دیا۔

دوسرے دن محل میں طلبی تھی:اسی رات طاہر میاں عید کے لئے ایک ہفتے کی چھٹی پر آئے تھے۔ یہاں پہنچتے ہی دیکھا کہ گھر میں ماتم پٹا ہو ا ہے۔ تابی نے پیچ پیچ کر اپنے کوبے حال کر لیا ہے۔ طاہر کہ جوان خون تھا۔ اور پہلی پہلی محبت کا شدید زخمی۔ چلا کر بولا "میں اس خبیث بڈھے کو قتل کر دوں گا۔"

سکینہ بیگم نے ہول کر اس کے منہ پر ہاتھ رکھ دیا "ارے بیٹا اپنے پر دوسری کا تو کچھ خیال کرو۔"

"جی نہیں خالہ جان، یہ عیاشی اور ظلم کی انتہا ہے، میں سب سمجھ لوں گا آج کی آخری گاڑی سے ہی تابی کو دہلی لے کر چلا جاؤں، تم اپنے باپ کی اولاد نہیں"

"ہو رے یہ بات تم بھول گئیں کہ آج نواب صاحب تابی کو پسند کر لے کو بیٹھے ہیں۔"

"یا تو نواب صاحب نہیں یا میں نہیں" وہ جذبے میں آ کر بولا بڑے رسان سے سکینہ بیگم بولیں "میرے منہ میں خاک کیا تمہارے نہیں ہوتے تے یہ سلسلہ ختم ہو جائے گا؟ تم اکیلے اپنی جان سے چلے جائیں گے میاں اور کیا ہو تیں گا؟"

"مگر خالہ جان" طاہر دہل کر بول اٹھا۔ "اللہ کے لئے ذرا سوچئے کس قدر

ذلیل بات ہے کہ سال بھر اپنی عمل طاری میں عورتیں بچہ بچہ کر ٹوہ لگوائی جائے کہ کون کون سے گھر دل میں لڑکیاں بالغ ہو رہی ہیں اور پھر ایک بازار منعقد کر کے لڑکیاں پسند کی جائیں۔ اور جبراً انہیں اپنے عقد میں لے جائے اور پھر سال بھر بدن کا رس چوس کر بھوک نباکر مذہب کے نام پر طلاق دے کر چلتا کر دیا جائے۔ اور پھر ننھے ننھے پھول، باعزت سے چنے جائیں ! حد ہو گئی حد ! " ایک دم وہ پاگلوں کی طرح چلا اٹھا " میں تابی کو کہیں نہیں جانے دوں گا وہ میری دلہن ہے۔ "

سکینہ بیگم بڑے سکون سے بولیں۔ " ایسے چنچاں نکو مارو میاں۔ میرے اتنا حوصلہ نہیں کہ نواب صاحب سے ٹکر مول لیوں۔"

وہ جل گیا۔ " میں آپ سے ٹکر لینے کو کب کہتا ہوں ؟ تابی سیری بیوی ہے بھگت لوں گا۔

تابی اس بحث کے دوران میں خاموشی سے بیٹھی رہی۔ اس کا وہ سارا طنطنہ اور تیہا مینا بازار سے دلہسی پر ہی جیسے ختم سا ہو کر رہ گیا تھا طاہر کے آخری حملے پر وہ چونکی اور دھیرے سے بولی " اللہ طاہر ! آپ ایسی باتاں نکو کرو۔ آپ میرے واسطے کاہے کو بھگتو۔ میں آج اپنی جان ختم کر لیتیوں۔ نہ باس رہے گا نہ منسی بجیں گی۔ "

" ارے ماہ ! طاہر تپتے ہوئے لہجے میں بولا۔" گویا انسانی جان کی کوئی قیمت ہی نہیں۔ ایسے کیسے تم اپنے آپ کو ختم کرو گی ؟ وہ جیسے ساس کی موجودگی سے بے خبر ہو گیا۔" یہ تمہارا پھول ایسا نرم و نازک بدن جس پر میرے بوسوں سے بھی نیل پڑ جاتے ہیں، جس نے ابھی ماتما کا خوشگوار بوجھ بھی نہیں اٹھایا۔ جب کوئی

میری بانہوں کے شکنجے میں بھٹیک سے کہ نا بھی نہیں آیا۔ وہی پھول ایسا نازک بدن اس خبیث کی آغوش میں؟ تھوڑ تھو۔۔۔ میں ایک بار مل کر پہلے تو سمجھاؤں گا اور پھر۔۔۔"

وہ کہتا گیا۔۔۔ تابی سنتی گئی۔

عید میں تین دن ہی باقی رہ گئے تھے۔ سحری کے بعد مرزا صاحب نے ذرا سونا چاہا، مگر آنکھ نہ لگ سکی۔ کاموں کا ایک انبار ان کے سر پر سوار تھا۔ نوفل کی صفائی۔۔۔ دوسری صفائی۔۔۔ ایک تو کچرا جھاڑ جھنکار۔ مکڑیوں کے جالے صاف کرانا، گرد اڑوانا۔ وغیرہ۔ اور دوسری صفائی یوں کہ رہی سہی پرانی بیگمات کو نکالنا۔۔۔ پھر نئی بیگمات کے لئے پوشاکیں سلوانا۔" لاڑا بازار" کے بار بار چکر کرنا کنگنوں کے جوڑوں کے جوڑوں۔ مسئی افشاں سے لے کر مہندی، مسالوں تک کی برابری کرانا۔ پھر عود کی دھونی میں پوشاکوں کو بسانا۔ یہ بڑی عجیب بات تھی کہ نواب صاحب ان معاملات میں مغلانیوں تک پر اتنا بھروسہ نہ کرتے جتنا مرزا صاحب پر۔۔۔ وہ بھی اصل میں برسوں سے یہ فریضے انجام دیتے دیتے منجھ گئے تھے۔

صبح ہلکی ہلکی روشنی پھیلنے کو تھی۔ انہوں نے اٹھ کر فجر کی نماز پڑھی اور ذرا لیٹے ہی تھے کہ دروازے پر کھٹکا ہوا۔۔۔ وہ ذرا حیران بھی ہوئے۔۔۔ اس وقت کون ان سے ملنے آیا ہو گا۔؟ بھلا نک پر چاوش نے روکا بھی نہیں آنے والا سیدھا میرے کمرے تک چلا آیا۔ سب جانتے ہیں کہ یہ وقت میرے آرام کا ہوتا ہے۔ ذرا تیو بدبڑ بڑاتے کے ساتھ انہوں نے دروازہ کھول دیا۔

دروازے پر ایک خوبصورت تنومند جوان لڑکا کھڑا ہوا تھا۔ وہ ذرا معتبر کے سامنے بولا۔

" مجھے معاف کیجئے، آپ کے آرام میں خلل ہوا۔ لیکن بات ہی کچھ ایسی ہے ۔ مجھے پتہ چلا ہے کہ نواب صاحب تک آپ کی بہت رسائی ہے۔ کیا آپ مجھے ان سے ملنے کا ایک موقع دلواسکیں گے؟"

مرزا صاحب اتنی لمبی بات سے ذرا خائف ہوگئے وہ الجھ کر مگر ضبط سے بولے ۔" میاں تم ہو کون؟ آئے کیوں؟ کام کی نوعیت بولے نہیں، میں کیسے نواب صاحب سے آپ کو ملادیوں؟"

جی میں ایک غریب طالب علم ہوں۔ وظیفے وغیرہ کے سلسلے میں بار یابی چاہتا ہوں۔"

مرزا صاحب نے ایک دو لمحے توقف کیا، کچھ سوچا، پھر اچھنیں خیال آیا کہ رمضان کے پورے مہینے نواب صاحب کا ہاتھ ا و نچار رہتا ہے۔ روزانہ ایک طشت چاندی کے روپوں سے بھرا غرباء میں جب تک بانٹ نہیں لیتے روزہ افطار نہیں کرتے ویسے بھی ان کا فیض جاری ہی رہتا ہے۔ ہوسکتا ہے کوئی ضرورت مند ہو اور اسی لئے بے وقت چلا آیا ہو کہ یہ در، خدا کے در کے بعد ایسا در ہے، جہاں سے کوئی سائل خالی ہاتھ نہیں لوٹتا ۔۔۔ وہ ذرا دیر بعد بولے اچھا تم بیٹھو۔ نواب صاحب تلاوت قرآن کے بعد ہی حاجت مندوں سے ملتے ہیں مگر میرے بولنے میں کیا مضائقہ ہے. ؟"

طاہر انکسار کے ساتھ بولا ۔" مضائقہ تو کوئی نہیں، لیکن میری آرزو ہی دیرینہ تمنا کہہ لیجئے کہ نواب صاحب کے نیاز حاصل کروں، بس اسی لئے ....." وہ ہاتھ ملنے لگا۔

" اچھا اچھا، کوئی مضائقہ نہیں ۔ " اور وہ بھاری حق الٹھا کر زنان خانے

میں چلے گئے ۔

نواب صاحب نے سر سے پاؤں تک طاہر کو دیکھا اور کچھ مسکرائے ۔
طاہر اپنے کالج کا بہترین اسپیکر تھا ، وہ بغیر کسی جھجک کے شروع ہوگیا "مجھے حضور سے ملنے کی بہت تمنا تھی ۔" وہ کچھ مسکرایا ۔"اور مجھے اس کا یقین تو کیا گمان تک نہ تھا کہ میں آپ سے کبھی پاؤں گا۔ آپ کی سخاوت کے قصے بے حد سنے ہیں ۔۔۔۔۔"

نواب صاحب ذرا ناگواری سے بولے ۔"میاں لڑکے جو کچھ تم کو مانگنا ہے مانگ ڈالو، ہمارے آرام کا وقت ہے۔"

"حضور سرکار ۔" طاہر لجاجت سے کورے لہجے میں بولا :
"بس ایک ہی مانگ ہے کہ آپ مہتاب کو میرے حق میں چھوڑ دیں۔ وہ میری منکوحہ ہے ؟"

نواب صاحب سناٹے میں آگئے ۔۔۔ دنیا کے کسی قانون میں کوئی دفعہ ایسی نہ تھی جو وہ یہ سوال بھی کر سکتے کہ کس کی اجازت سے تم نے مہتاب سے شادی کی ۔۔۔ کافی دیر بعد انہوں نے ایک ہی سوال کیا ۔ "تمہیں معلوم ہے لڑکی بالغ نہ ہو تو شادی ، ہمارا مطلب ہے کہ نکاح فاسد ہو جاتا ہے ؟"

"جی نا بی نابالغ تو نہیں تھی ، جب میں نے اس سے شادی کی ۔۔"

انگاروں جیسی آنکھوں سے انہوں نے طاہر کو گھورا ۔۔۔ بہت پہلے "نہاں ہیں میاں تمہارے ؟"

تھوڑی دیر بعد وہ جذبات سے عاری لہجے میں بولے ۔"اچھا ہم بعد میں سوچے کو بولیں گے ۔ ابھی تو تم ہمارا ایک کام کر دو ۔۔۔ یہ گھڑی ذرا برابر

نہیں چل رہی۔ چوک کے پاس جو گھڑی ساز کی ایک بڑی سی دکان ہے وہاں بنانے کو دے دیو۔ پرزے دیکھو سنبھال کرنے جانا، اس کی جیبیں اصلی ہیروں کی ہیں۔" اور انہوں نے گھڑی طاہر کے ہاتھ میں تھما دی۔

لیے سی راہ داری سے ہوتے ہوئے طاہر ابھی محل کے پھاٹک تک بھی نہ پہنچا ہوگا کہ کئی مضبوط ہاتھوں نے اسے بری طرح جکڑ لیا۔ اس نے ہڑبڑا کر اوپر دیکھا چار چھ سیڑھیاں اوپر نواب صاحب اور مرزا صاحب کھڑے تھے۔

نواب صاحب نے مسکرا کر مرزا صاحب سے کہا،" امین صاحب (پولیس) سے بول بے چارہ روزے سے ہو ٹھیر گا۔ ارسپیٹ کی ضرورت نہیں بس "چار دیواری" کافی ہے۔"

مرزا صاحب گرج کر بولے "مگر حضور ہیروں پر ہاتھ صاف کرنا کوئی معمولی جرم ہے؟ اور وہ بھی حضور کی خاندانی گھڑی۔"

مگر جب تک حضور پلٹ کر جا چکے تھے۔

مہتاب نے نکاح کے رجسٹر پر دستخط کرنے سے صاف انکار کر دیا نواب صاحب مذہبی معاملوں میں جور، جبر اور زیادتی کے قائل نہ تھے وہ میاں سے مرزا صاحب سے بولے "لڑکی کی رضا کے بغیر نکاح کیسے ہو سکتا ہے؟ پر لڑکی ہم کو بہت پسند آ گئی ہے۔ اس واسطے آپ ایسا کرو کہ اس کو چند روز کے واسطے بطور پوزیشن فراہم کر دو وہ روپے پیسے کی ریل پیل دیکھ کر راضی ہو جائے گی۔"

"پر حضور۔۔۔ آپ سنتے نہیں۔ وہ نڈر چلا چلا کر یہ بھی کہہ رہی تھی کہ میں شادی شدہ ہوں۔ میری شادی ہو چکی ہے۔ اور حضور پہلا شوہر ہوتے ہوئے

دوسرا نکاح تو خطعاً (قطعاً) ناجائز ہے ۔ ۔ "

ہم سمجھتے ہیں کہ یہ محض ایک چال ہے ۔ بہرحال آپ دخت کا انتظار کرو ۔ ۔ "

دوسرے دن نواب صاحب کو یہ اطلاع پہنچائی گئی کہ تابی کو زیر کرنے کے لئے جس عیش کے فراہم کرنے کے بارے میں مرزا صاحب کو ہدایات دی گئی تھیں بے سود رہا ۔ مرغن کھانوں کو تو اس نے دھڑا دھڑا اٹھا کر پھینک دیا اور بھاری زر تار ریشمی پوشاک کو پھاڑ پھوڑ کر اس نے دھجیاں بکھیر دیں اور اب ننگی بیٹھی ہوئی ہے ۔ ۔ "

" ننگی ! " نواب صاحب نے ہونٹوں پہ زبان پھیری ۔ ۔ ۔ مگر روزے کا لحاظ کر کے سنبھل گئے ۔

" کوئی بات نہیں ۔ اس سے پہلے دو ایک خود سر چھوکریاں اور بھی ایسے تماشے کر چکے ہیں کہ ہم کو حیران کر چکے تھے ۔ بہر دخت سب کو سنبھال لیتا ہے ۔ ۔ "

عید کا چاند نکلا ۔ مسجدوں میں منادی ہو گئی کہ کل عید ہے ۔ آج سے تراویح موقوف کی جائے ۔ ۔ لوڈنز میں چاندنی چمک چمک اٹھی ۔ ایک ایک گوشہ بقعۂ نور بننے لگا ۔ عشاء کی نماز کے بعد بھی نواب صاحب لیٹے ہی تھے کہ مرزا صاحب ہاتھ جوڑتے ہوئے آئے ۔

" حضور ! وہ گھڑی چور ۔ ۔ ۔ " نواب صاحب نے ہمت بند ھائی
" کیا ۔ ۔ مر گیا ! "

" مر گیا ۔ ۔ ؟ " نواب صاحب ذرا حیرت سے بولے ۔ ۔ " اتنا ادب تو نکلا کہ

چار کڑیوں کی مار سے مر گیا ۔؟"

"جی نہیں سرکار ۔ وہ اوپری کھڑکی کے سلاخاں پتہ نہیں کیا کرکے توڑا اور نکل کر کودنے جا رہا تھا کہ غلطی سے ایسا ہو بندے (اوندھے) منہ گرا کہ دم ہی نکل گیا ،اس کا ۔ کھڑکی بہت اونچی تھی نا سرکار!

نواب صاحب اطمینان سے لیٹ گئے ۔ "تو اس میں ہمارا تو کوئی خصور (قصور) ہی نہیں ۔ اپنی موت مرا ، ہماری گردن پر تو خون ناحق نہیں نا!"

"جی نہیں سرکار ۔ بھلا آپ کا کیا خصور ۔ میں تو خالی حضور کو اطلاع دینے حاضر ہوا تھا ۔ ایک کانٹا آپ ہی آپ نکل گیا ۔ اگرچہ وہ مہتاب بیگم کا شوہر تھا تو بھی اب تو خصہ (قصہ) ہی ختم ہوگیا ۔"

"بس اللہ ہم پر مہربان ہے ۔"

دوسرے دن عید تھی ، نواب صاحب نمازِ عید کے لئے عید گاہ روانہ ہونے ہی والے تھے ۔ ایک پاؤں بگھی کے پائیدان پر تھا اور ایک زمین پر ، کہ اندر سے مرزا صاحب سراسیمہ سے وارد ہوئے

"حضور غضب ہوگیا ۔ مہتاب بیگم بھی انتخال فرما گئیں ۔"
نواب صاحب ایک دم سے سراسیمہ سے ہو گئے ۔ وہ کیسے ۔؟
حضور اُٹھوں کے ہاتھوں میں جو کانچ کی چوڑیاں تھیں نا اس پر کسی کا دھیان نہیں گیا ۔ وہ انوں میں بیس کر کھا ڈالے ۔"

نواب صاحب نے بگھی میں بیٹھ کر اطمینان اور سکون کے ساتھ دونوں ہاتھ اللہ کے حضور میں اٹھائیے ۔

"میں خبیر (حقیر) بندہ کس زبان سے تیرا شکر ادا کروں خدا کی توُ نے

مجھے گناہ میں نہیں ڈالا۔ ورنہ حشر کے دن میری گردن پر خونی ہونے کا جوا رکھا جاتا ہے۔"

پھر وہ مرزا صاحب سے بولے۔ "کم بخت مسلمان ہونے کا دعویٰ کرتے ہیں اور مذہب سے یہ لاعلمی! معلوم نہیں کہ خودکشی کتنا مذموم فعل ہے۔ جس کی اللہ کے پاس کوئی معافی لح نہیں ہے۔"

سامنے ایک خدمت گار، چاندی کے طشت میں سونے کی اشرفیاں لیئے کھڑا تھا کہ ہر عید کو حضور کا دستور تھا کہ جب تک غریبوں کو خیرات نہ بٹ جاتی وہ کہتے عبادت قبول نہیں ہوتی ان کے طشت کو ہاتھ لگاتے ہی کرچ بان نے سونٹا ہوا میں لہرایا اور سکوں کی برسات میں دعاؤں میں شرابور نواب صاحب کی بگھی عیدگاہ کی طرف روانہ ہو گئی۔

دکنی نوابی ماحول کے افسانوں کا ایک اور مجموعہ

اللہ کے نام پر

مصنفہ : واجدہ تبسم

بین الاقوامی ایڈیشن جلد منظر عام پر آرہا ہے